KB160666

남명南冥,
그 학덕學德을 그리며

-제문과 만사-

이 책은 2010년도 경상남도 지원금에 의해 개발되었음.

경상대학교 남명학연구소
남명학교양총서 18

남명南冥,
그 학덕學德을 그리며
-제문과 만사-

許捲洙 편역

景仁文化社

서序

유교儒教에서는 상례喪禮라 하여 장례에서부터 탈상脫喪까지의 예법을 대단히 중시했다. 오늘날 사람들 가운데는, "별 쓸데없는 번거로운 절차를 왜 그렇게 복잡하게 하느냐?"고 부정적인 시각으로 반문하는 사람도 없지 않겠지만, 그 근본정신은 인간존중에서 출발한 것이다. 죽은 사람에게 보답한다는 생각에 바탕한 것이고, 또 죽은 사람을 소중하게 다루는 정신이 곧 살아 있는 사람에게 옮겨가도록 하려는 의도였다.

어떤 사람이 죽으면, 그를 아는 친구, 친척들이 애도하는 글을 지어 보냈는데, 그 대표적인 것이 만장挽章과 제문祭文이다. 고인의 일생과 학문, 인격, 특징 등과 만장이나 제문 작자와의 관계, 얽힌 인연, 그리움, 아쉬움 등을 넣어 짓는다.

만장이나 제문은, 애도를 위주로 하지만, 단순히 애도에만 그치는 것이 아니다. 시간이 지나면 그 고인에 대한 가장 좋은 전기傳記 자료가 되는 것이다. 고인을 직접 가장 가까이서 오랫동안 모신 인물들이 고인이 세상을 떠나자마자 지은 글이기 때문에 정확하면서도 생동감이 있어, 고인을 아는 데 아주 중요한 자료가 된다. 오늘날의 관점에서 보면, 행장이나 비문 못지 않게 중요한 글이다. 특히 스승과 제자의 관계를 아는 데 아주 중요하다.

　대개 만장은 시 형식이고, 제문은 원래 산문 형식이었는데, 후세로 오면서 4자로 된 운문 형식도 많았다. 만장은, 만사挽詞, 輓詞, 만사挽辭, 輓辭, 만가挽歌, 輓歌, 만시挽詩, 輓詩라는 명칭도 있고, 제문은 조문弔文, 애사哀詞, 哀辭, 뇌誄라는 명칭이 있다.

　장례가 끝나고 나서 제자들이나 집안 사람들이 고인의 문집을 만들 경우, 부록문자附錄文字를 문집 뒤에 편집해서 넣는데, 부록에는 연보年譜, 행장行狀, 신도비神道碑 혹은 묘갈명墓碣銘, 묘지명墓誌銘, 만장, 제문 등이 실린다. 만장 제문만을 따로 모아 만제록挽祭錄이라 편집하기도 했다.

　『남명집南冥集』의 경우, 초기부터 만장과 제문이 문집 속에 편집되어 있었고, 후세에 문집을 재간하면서 추가로 수집하여 보충하였다. 남명에게 드린 만장이 25수, 제문[사제문 3편 포함]이 24편 현재 남아 있다. 여기에는 비문이나 행장에서 볼 수 없는 남명에 관한 기록이 생생하게 담겨 있다. 그리고 남명에 대한 당시 사람들의 존숭尊崇의 정도를 알 수 있다.

　예를 들면, 선조宣祖임금이 내린 사제문賜祭文에, "아침저녁으로 마주 대하면서, 곁에 두고서 고문으로 삼았으면 했소. 그대 올라오면 나의 팔 다리처럼 되어, 나를 도와주리라 생각하고 있었다오."라는 내용이 있는데, 선조가 단순히 형식적으로 남명을 벼슬로 부른 것이 아니고, 진정으로 남명의 경륜經綸을 정치에 활용하려는 마음이 간절했다는 것을 알 수 있다. 또, 남명이 '거제도巨濟島에서 유배생활하고 있는 유헌游軒 정황丁熿을 찾아가 위로하고 학문을 토론했다'는 기록은, 단성현감丹城縣監을 지낸 권유權愉의 제문 말고는 어디에도 남아 있지 않다. 동강東岡 김우옹金宇顯이 지은 제문에는 남명이 동강에게 정좌靜坐하는 방법을 자상하게 가르쳐 주는 내용도 담겨 있다. 남명의 학문이나 인격, 사고방식, 생활태도 등을 연구하는 데 매우 중요한 자료가 될 수 있다.

역자는 1993년에 『남명집』 번역, 2001년 『학기유편學記類編』 번역에 참여하였고, 2010년에는 남명의 행장, 신도비, 묘지명, 언행록 등을 번역하여 『남명, 그 위대한 일생』이라는 제목으로 책을 내었다. 이제 다시 남명에게 드린 만장과 제문을 모아 번역하여, 『남명 그 학덕을 그리며』라는 제목으로 책을 내놓는다.

이는 원래 『남명집』의 부록문자의 원래 일부이지만, 독자적인 책으로 독립시켰다. 남명을 연구하고 이해하는 데 조금이나마 도움이 되면 더없는 보람이겠다. 남명의 정신세계를 쉽게 알 수 있도록 하려고 노력했지만, 부족한 점이 많을 것으로 생각된다.

원문 및 내용 편집에 노고가 많은 강정화姜貞和 박사와 깔끔한 책으로 만들어 준 경인문화사 사장 및 편집부 여러분에게 감사를 드린다.

2011년 2월 7일

허권수許捲洙 근서謹序.

목차 *contents*

범례

서序

제1장 제문祭文

범 례

1. 이 책은, 기유본己酉本『남명집南冥集』과 갑신본甲申本『남명집』에 나오는 만장挽章과 제문祭文을 모아서 번역한 것이다.
2. 편집 순서는 갑신본甲申本『남명집』에 의거했다. 다만 갑신본에는 정인홍鄭仁弘이 지은 제문이 삭제되어 있었는데 보충하였다. 이순인李純仁의 만사 네 수 가운데 한 수가 맨 나중에 있었는데, 앞으로 보내 모았다. 간혹 자구상 문제가 있을 때는 각 작자의 문집을 참고하였다.
3. 번역문 뒤에 원문을 교감校勘, 표점標點하여 수록하였다.
4. 이 책은 남명南冥의 장례 때 영전에 올린 만장挽章과 제문祭文을 번역한 책이다. 제문 가운데 몇 편은 나중에 남명의 산소에 가서 올린 것이다.
5. 후세에 학자들이 덕천서원德川書院 등 남명 관련 유적지를 방문하여, 남명을 추모하는 시나 글을 지은 것이 적지 않지만, 이 책에서는 수록하지 않았다. 이는 만장이나 제문과는 그 성격이 다르기에, 다음에 따로 모아서 번역하여 책으로 낼 계획이다.

6. 제문은 원래 4자로 된 운문체로 지은 것도 있고, 산문체로 지은 것도 있는데, 운문체로 지은 것은 시적인 분위기를 살려서 번역했고, 산문체로 된 것도 제문의 서정적인 특성을 살려 산문시처럼 번역했다.

7. 남명을 이해하는 데 도움을 주기 위해서, 주석은 가급적 상세하게 달았다. 그러나 같거나 비슷한 문구가 두 번 이상 등장할 경우, 맨 처음 나오는 곳에서 한번만 달았다. 혹 주석이 없으면 도저히 본문을 이해할 수 없겠다는 곳에서는 중복해서 주석을 단 경우도 있다.

8. 대곡大谷 성운成運이 보낸 위장慰狀은, 만장이나 제문은 아니지만, 그 내용상 조문하는 글이기 때문에,『남명집』원본처럼 뒤에 넣어 번역하였다.

9. 정조正祖임금의 사제문賜祭文도 그 당시의 제문은 아니지만, 그 내용이 제문이기 때문에『남명집』원본처럼 뒤에 붙여 번역한다.

제문祭文

1. 사제문賜祭文 ⋯ 선조宣祖 임금[1]

국왕은 예조좌랑禮曹佐郎 김찬金瓚[2]을 보내어, 고故 종친부宗親府 전첨典籤[3] 조식曹植의 영전靈前에 제를 드리노라.

아아! 영령英靈이시여!
강과 산악의 바른 기운과,

---

[1] 선조宣祖 임금(1552-1608) : 조선 제14대 임금. 이름은 연昖, 중종中宗의 손자로 봉호封號는 하성군河城君이었다. 이 제문은 선조 임금 명의로 되어 있지만, 실제로는 심의겸沈義謙이 지었다. 심의겸은 조선 중기의 문신으로, 자는 방숙方叔, 호는 손암巽菴, 본관은 청송青松이다. 벼슬은 병조판서를 지냈고, 청양군青陽君에 봉해졌다. 명종비明宗妃 인순왕후仁順王后의 아우이다.

[2] 김찬金瓚(1543-1599) : 조선 중기의 문신. 자는 숙진叔珍, 호는 눌암訥菴, 본관은 안동安東, 벼슬은 이조판서에 이르렀다. 시호諡號는 효헌孝獻. 나중에 남명의 신도비를 지은 용주龍洲 조경趙絅의 장인이다.

[3] 종친부宗親府 전첨典籤 : 남명南冥 69세 때 내린 마지막 벼슬이다. 전첨은 정4품의 관직. 종친부는 역대 국왕의 보첩譜牒과 초상을 보관하고, 국왕과 왕비의 의복을 관리하는 관아. 왕자들의 언행도 규찰한다.

우주의 빼어난 정영精英이로다.

정중한 자품資稟은 빼어나게 밝고,

타고난 바탕은 순수했다오.

난초 떨기에서 싹이 돋아난 듯,

학문이 있는 가정에서 태어났도다.

글을 배우고 재주 익혀서,

무리에서 빼어나고 날카로웠소.

일찍이 큰 의리를 보고서,

두루 깊은 뜻을 탐구했었지.

우뚝하고 우뚝한 공자와 안자顔子[4],

그 경지에 도달하고자 기약하였소.

하늘이 우리 유교를 망치려 함인가?

선비들은 지도자를 잃었도다.

세상 사람들 참되고 순박한 본성 잃고서,

시대의 조류에 영합할지라도,

그대는 뜻 둔 바를 더욱 굳게 지켜,

그 지조 변하지 않았다오.

남는 힘을 좋은 문장에 쏟았고,

도道에 나가는 데 정성스러웠소.

이에 조예가 깊게 되어,

---

4) 안자顔子 : 춘추시대春秋時代 노魯나라 사람으로 공자孔子가 사랑한 제자.
공자가 그 덕행을 칭찬하였다. 이름은 회回, 자는 자연子淵. 가난한 생활
속에서도 도道를 즐기다가 32세의 나이로 생을 마감하였다. 복성공復聖
公에 봉해졌다. 여기서는 때를 얻지 못해도 자기의 도를 지키면서 살아
가는 인물의 표본으로 삼은 것이다.

2

남명南冥, 그 **학덕**學德을 그리며

드디어 명성이 사방에 퍼졌소.

좋은 자질을 간직하고서도,

노을 낀 산골에서 고상하게 숨어살았지.

아침저녁으로 옛 고전古典을 대하여,

학문을 익혀 연마하기에 더욱 힘썼소.

산이 솟은 듯 우뚝하였고,

도도히 흐르는 강물처럼 깊었소.

맑은 기상氣像 서리처럼 깨끗하였고,

아름다운 덕은 향기로운 난초 같았소.

얼음 담은 병瓶인양 가을밤 달빛인양,

큰 별인 듯 상서로운 구름인 듯했소.

멀리 숨어산다고 세상을 잊었겠소?

외척들이 하는 정치 깊이 근심하였지.

아아! 그 마음은,

요순堯舜[5] 같은 임금 만들고 요순의 백성 만들고자 했소.

선왕先王[6]께서 등극하신 그 초기에,

도적 같은 신하들 권세를 차지하였지.

백이伯夷[7]를 탐욕스럽다 하고 도척盜跖[8]을 청렴하다 하며,

---

5) 요순堯舜 : 중국 고대의 훌륭한 임금. 유가儒家에서 이상으로 삼는 임금
이다.

6) 선왕先王 : 명종明宗을 가리킨다. 명종은 어린 나이에 즉위하였는데, 그
외숙 윤원형尹元衡이 정권을 마음대로 하였다.

7) 백이伯夷 : 춘추시대春秋時代 제후나라인 고죽국孤竹國의 왕자. 아버지가
왕위를 아우 숙제叔齊에게 물려주자, 아우가 백이에게 사양하였으나, 아
우에게 양보하였다. 뒤에 주周나라 무왕武王이 제후의 신분으로 은殷나
라를 치려하자, 이를 만류하였고, 은나라가 망하자 숙제와 함께 수양산

간사한 무리들이 바른 사람을 공격했지요.

세 가지 정기인 해, 달, 별이 거의 빛을 잃고,

인간의 윤기倫紀가 뒤집히려고 했소.

천장을 쳐다보고서 깊이 생각하건대,

누구 때문이며 누가 그런 지경으로 몰아갔는지?

하늘이 우리 임금을 도우서서,

정성을 기울여 어진이[南冥] 불렀다오.

대궐에서 부르는 교서敎書를 내려,

예 갖추어 초빙하는 행렬 끊이지 않았다오.

그대 이에 떨쳐 일어나,

나라 위해 몸을 바치려 했소.

곧은 말은 바람이 이는 듯했나니,

뜻은 바르고 말은 준엄했었소.

누가 생각이나 했으랴? 봉황새가 울어,

뭇 사람들의 위축된 마음을 풀어줄 줄을.

간사한 아첨꾼들 뼈 속이 서늘하였고,

자리나 차지한 벼슬아치 얼굴엔 땀 줄줄.

그 위엄은 종묘사직을 압도하였고,

그 충성은 조정을 뒤흔들었다오.

사람들이 그대 위험하다고 말했을 적에,

그대는 조금도 두려워하지 않았다오.

首陽山에 들어가 고사리를 캐어 먹다가 굶어죽었다.

8) 도척盜跖 : 춘추시대 노魯나라의 큰 도적. 수천 명의 무리를 이끌고 천하를 설치고 다니며 나쁜 짓을 하였다.

남명南冥, **그 학덕**學德**을 그리며**

선왕先王의 말년에 이르러서는,
거룩한 마음으로 깊이 두려워하였소.
비뚤어지고 간사한 무리 내쫓고,
어진이 생각하고 덕 있는 이 구하려 했소.
맨 먼저 그대를 불러일으키느라,
역마驛馬가 자주 자주 달렸다오.
베옷 입은 채로 선왕을 마주하여,
좋은 것들을 모아 임금님께 바쳤소.
주고받는 문답이 메아리 같았고,
물고기가 물 만난 듯 서로 흐뭇했소.
그대는 살던 곳이 그리워서,
이에 곧장 돌아가 버렸다오.
그대 머물러 둘 수 없었나니,
말이 여기에 이르자 느낌 많도다!
내[宣祖]가 왕위를 계승하고서는,
그대의 명성을 일찍이 흠모했다오.
이에 선왕[明宗]의 뜻을 좇아서,
여러 차례 그대를 벼슬로 불렀다오.
그대 아득히 먼 곳에 있었나니,
내 정성 얇은 것 부끄러워하였소.
충성을 다하여 상소를 했는데,
말은 높고 식견은 대단한 것이었소.
아침저녁으로 마주 대하면서,
곁에 두고서 고문으로 삼았으면 했소.

그대 올라오면 나의 팔 다리처럼 되어,

나를 도와주리라 생각하고 있었다오.

어찌 알았으리오? 한 번 병들게 되자,

소미성少微星9)이 징후를 나타낼 줄이야.

내를 건널 때 누구를 의지하며,

높은 산을 어떻게 우러러보겠소?

소자小子는 누구를 의지하며,

백성들은 누구에게 희망을 걸겠소?

말이 여기에 미치니 내 마음 슬프다오.

옛날 은둔한 사람을 생각하니,

시대마다 그 공적과 빛이 있었다오.

허유許由와 무광務光10)이 이름 세웠고,

요堯임금 순舜임금은 창성했다오.

노중련魯仲連11)은 진秦나라 거부했고,

엄광嚴光12)은 한漢나라를 지지했다오.

---

9) 소미성少微星 : 별 이름인데, 일명 처사성處士星이라고도 한다. 처사處士
　　나 은자隱者의 운명을 주관한다고 한다.

10) 허유許由와 무광務光 : 중국 고대의 대표적인 은자. 요堯임금이 허유를 불
　　러 임금 자리를 양보하자 허유는 더러운 말을 들었다고 귀를 씻었고, 은
　　殷나라 탕湯임금이 무광을 불러 임금 자리를 양보하자 무광은 받지 않
　　고 요수蓼水에 빠져 죽었다.

11) 노중련魯仲連 : 전국시대 제齊나라 사람. 당시 진秦나라가 강성하여 동쪽
　　의 여러 나라들에게 위협을 가할 때, 조趙나라에서 진나라를 천자天子나
　　라로 받들자고 했다. 노중련은 동해 바다를 밟고 죽을지언정, 그럴 수는
　　없다고 거절하였다.

12) 엄광嚴光 : 후한後漢의 은자. 자는 자릉子陵. 준遵이라는 이름도 있다. 어
　　려서 광무제光武帝 유수劉秀와 함께 공부하였다. 유수가 황제가 된 뒤에

남명南冥, **그 학덕**學德**을 그리며**

비록 다 같은 절개라고 하지만,

오히려 혹 어지러움을 막을 수 있었소.

하물며 그대의 아름다운 학덕學德은,

금이나 옥처럼 바르고 굳음에랴?

몇 마지기 시골 전답 속에 숨은 몸이,

세상에 크게 영향을 미쳤다오.

그 빛은 한 세상을 밝혔고,

그 공덕은 백대에 남아 전하겠소.

비록 벼슬을 추증追贈하지만,

어찌 예우를 했다 할 수 있으리오?

옛날 훌륭한 임금들이,

같이 살지 못했음을 한으로 여긴다더니,

내가 이 말을 음미해 보고서,

마음에 깊이 부끄러움을 느낀다오.

그대 목소리와 모습 영영 볼 수 없으니,

이 통한痛恨 어찌 한량이 있으리오?

저 남쪽 땅을 바라다보노라니,

산은 높디높고 물은 아련하도다.

하늘이 어찌 훌륭한 원로 남겨 두지 않고,

계속해서 돌아가게 하시는지?

나라가 이로 인해 텅 비게 되었고,

전형典型이 없어졌으니 이 일을 어쩌겠소?

불러 간의대부諫議大夫에 임명했으나, 사양하고 절강성浙江省 부춘산富春
山에 돌아가 숨어서 농사지으며 살았다.

신하 보내어 맑은 술을 내려 제를 올리니,

내 마음이 무척이나 슬프다오.

훌륭하신 영혼은 밝게 살피시어,

나의 향기로운 술을 흠향하소서[13].

▪國王遣禮曹佐郎金瓚. 諭祭于故宗親府典籤曺植之靈 惟靈 河嶽正
氣 宇宙精英 凝資秀朗 賦質純明 蘭畦苗芽 詩禮之庭 習文隷藝 超群
發硎 早見大義 旁搜蘊奧 嘐嘐孔顔 是造是期 天椓斯文 士失所導 雕
眞毁朴 媚于時好 益堅所志 公不渝操 餘事宏詞 望道惱惱 爰有所詣
遂厭聲華 握瑜懷瑾 高棲烟霞 昕夕典墳 益事講劘 卓乎山峻 淵盈河
涵 清標霜潔 馨德蘭薰 氷壺秋月 景星慶雲 遠豈忘世 憂深戚臣 嗚呼
此心 堯舜君民 先王初載 盜臣秉柄 夷貪跖廉 以邪攻正 三精幾晢 人
紀將覆 仰念深思 誰因誰極 天佑聖衷 銳意徵賢 宣麻九重 玉帛翩翩
公斯奮厲 爲國身捐 讜言風發 義正辭嚴 孰謂鳴鳳 發此衆鉗 奸諛寒
骨 具僚汗顔 威鎭宗社 忠激朝端 人謂公危 公不小慄 及玆季年 聖念
深惕 黜回屛奸 思賢訪德 首起我公 馳驛頻繁 白衣登對 集美效君 答
應如響 魚水相欣 公思舊居 式遄其歸 白駒難縶 興言在玆 逮予嗣服
夙欽公聲 謠追先志 屢煩于旌 公乎邈邈 愧我菲誠 瀝忠獻章 言危識
宏 朝晡對越 以代宸屛 庶幾公來 作我股肱 詎意一疾 少微告徵 濟川
誰倚 高山何仰 小子疇依 生民誰望 言念及此 予心惻愴 思昔隱遁 代
有烈光 由務樹聲 唐虞其昌 魯連抗秦 嚴光扶漢 縱云一節 尙或弼亂
況乎美德 金玉其貞 棲身數畝 爲世重輕 光燭一代 功存百世 榮贈雖

13) 이 사제문은 『선조실록宣祖實錄』 제6권 제1~2장에도 전문이 다 실려
    있다. 원문의 '소자小子'가 갑진본 『남명집』에는 '사자士子'로 잘못되어
    있다.

남명南冥, 그 **학덕**學德을 그리며

加 豈盡其禮 伊昔先王 恨不同時 予味斯言 深懷忸怩 音容永隔 此恨
何量 睠彼南服 山高水長 天不愁遺 大老繼零 國以空虛 奈無典刑 聊
侔澗酌 予懷之傷 精靈不昧 歆我馨香

2. 제문 ⋯ 성대곡成大谷[14]

융경隆慶[15] 6년 임신壬申(1572) 음력 4월 □일에, 성운成運은 삼가 김가기金可幾[16]를 보내어, 작고한 종친부宗親府 전첨典籤 조군曹君[17]의 영령에게 경건하게 제사를 드립니다.

아아!
기린이 노魯나라 들판에서 죽었고[18],
봉황새는 기산岐山에서 떠났군요[19].

---

14) 성대곡成大谷(1497-1579) : 조선 중기의 학자 성운成運. 대곡大谷은 그의 호, 자는 건숙健叔, 본관은 창녕昌寧. 평생 속리산俗離山에 은거하여 벼슬에 나가지 않았다. 남명과는 어릴 때부터 친구로 절친하게 지냈고, 남명 사후에 남명의 묘갈명墓碣銘을 지었다. 문집 『대곡집大谷集』이 남아 있다.

15) 융경隆慶(1567-1572) : 명나라 목종穆宗의 연호.

16) 김가기金可幾(1537-1597) : 조선 중기의 선비. 자는 사원士元, 호는 일구당一丘堂, 본관은 경주慶州. 성운成運의 처조카로 보은報恩에서 대곡을 모시고 살았다. 대곡이 아들이 없어 나중에 그 제사를 받들었다.

17) 조군曹君 : '군君'자는 상대방에 대한 존칭으로, 오늘날의 용례와는 다르다.

18) 기린이 노魯나라 들판에서 죽고 : 기린은 상상의 동물인데, 세상에 성인聖人이 나타나면 기린이 나타난다고 한다. 노나라 애공哀公 14(전481)년 노나라 교외에 기린이 나타났다가 잡혀죽었다. 성인이 나타나지 않았는데, 잘못 나타난 기린이 잡혀 죽은 것을 보고, 성인이 나타날 희망이 없음을 공자孔子가 애통하게 여겨 『춘추春秋』의 집필을 끝냈다.

19) 봉황새는 기산岐山에서 떠났다네 : 『시경詩經』 대아大雅 「권아편卷阿篇」에, "봉황새가 우는구나! 저 높은 산등성이에서.[鳳凰鳴矣, 于彼高岡.]"라는 구절이 있다. 이 시는 성스러운 임금이 나와서 다스리자, 봉황새가 나타났다는 뜻이다. 높은 산은 주周나라의 근거지인 기산岐山을 가리킨다. 『국어國語』「주어편周語篇」에, "태사太史가 지나가면서, '주나라가 흥

남명南冥, 그 학덕學德을 그리며

아련한 우주 사이에,

신령스러운 것[20] 숨어 사라지는군요.

아아! 훌륭하도다. 현철賢哲한 분이여,

이에 그 모습 빛났습니다.

높은 산악의 정기를 타고났으니,

천년 동안의 기대에 부응했습니다.

아름다운 바탕은 맑고 순수했나니,

하늘로부터 부여받은 것이었습니다.

저 진주조개 안에서 진주珍珠가 잉태되어,

맑은 물에 씻겨서 나오는 것 같았습니다.

태어나면서부터 뛰어나서,

용모가 두드러졌습니다.

맑은 모습은 사람들에게 비쳤고,

영특한 재주는 걸출하였습니다.

보통 사람들보다 뛰어나서,

닭 무리 속에 고니 서 있는 듯했습니다.

아이 때부터,

노성老成한 사람보다 더 침착하여,

앉을 때는 일정한 자리가 있었고,

몸은 마루에서 내려오지 않았습니다.

하면, 악작鸑鷟이 기산岐山에서 울 것이다'라고 했다"라는 구절이 있다.
삼국시대 오吳나라 학자 위소韋昭의 주석에, "'악작鸑鷟'은 봉황의 별칭
이다"라고 했다.

20) 신령스러운 것 : 본래 기린이나 봉황을 가리키는 말이지만, 여기서는 남
명南冥을 가리킨다.

제문祭文

단정하고 엄숙하고 깊이 있고 묵묵하여,

보는 사람들의 정신이 흠칫하였습니다.

일찍부터 스스로 주의하여 깨달아서,

성인聖人의 학문에 힘써 뜻 두었습니다.

떨쳐 일어나서 큰 용기 내기를,

마치 노여움 풀지 못한 듯하였습니다.

장막을 내리고21) 글 읽고 외우며,

성리性理에 대해서 연구하였습니다.

항상 미치지 못하는 듯하여,

마치 배 저어 물 거슬러 올라가듯했습니다.

힘을 들여 우물을 파는데,

지하수에 닿은 뒤에라야 그만두었습니다.

그대의 한 조각 마음은,

말이 땀 흘려22) 공功을 거두 듯했습니다.

학문은 참되게 이루어지고,

덕은 높게 쌓여 갔습니다.

빛이 밖으로 나타나니,

그 문채가 찬란하였습니다.

생각은 샘물 솟아나 듯하였고,

---

21) 장막을 내리고 : 방의 장막을 내리고 바깥과 관계를 끊고 공부에 전념한다는 뜻이다. 한漢나라 동중서董仲舒가 장막을 내리고 글을 읽으면서 3년 동안 자기 집 정원도 보지 않았다.

22) 말이 땀 흘려 : 말이 땀을 흘리도록 전쟁터 여기저기를 달리는 것을 말한다. 여기서는 남명이 새로운 것을 알기 위해서 부지런히 노력했다는 뜻이다.

남명南冥, 그 **학덕**學德을 그리며

힘 있는 붓은 구름 위로 치솟았습니다.

어찌 화려한 수식만을 일삼아,

남의 눈 현란하게 하였겠습니까?

글 짓는 것은 도리에 맞는 데로 나아갔나니,

옛날 고전古典을 법도로 삼았습니다.

녹을 받으며 벼슬하길 좋아하지 않아,

길이 과거공부를 포기했답니다.

다른 사람이 가지려는 것을 그대는 버렸으니,

모르는 사람들은 의심을 했답니다.

세상에 나가는 데 어찌 뜻 없었다고 하겠습니까?

배운 바가 시대와 맞지 않았기 때문이었습니다.

맑은 생각은 깨끗하디 깨끗하였나니,

세상 어지럽고 흐린 것 싫어했습니다.

높고 높은 신어산神魚山23)은,

구름 깊고 물은 푸르렀습니다.

망아지 타고24) 골짜기로 들어가,

거기에서 자취 감추었습니다.

바위 깎아 집을 지었는데,

맑은 바람이 자리를 스쳤습니다.

수수한 병풍에 검은 책상,

---

23) 신어산神魚山 : 김해시金海市 동북쪽에 있는 산 이름. 남명이 1530년부터 그 산기슭에 산해정山海亭을 짓고 거주하면서 독서, 강학하였다. 남명 사후 후학들이 거기에 신산서원新山書院을 건립하여 남명을 향사享祀하였다.

24) 망아지 타고 : '보잘것없는 행색을 하고'라는 뜻이다.

왼쪽엔 역사책 오른쪽엔 경서.

정신을 집중하여 꼿꼿이 앉았으니,

그림이나 상像처럼[25] 엄숙하였습니다.

때때로 휴식을 취할 때면,

지팡이 짚고 일어났답니다.

구름 헤치고 학을 찾아가기도 하고,

샘물소리 들으며 귀 시원하게 했습니다.

매양 좋은 밤이 되면,

하늘 가운데 달을 구경했습니다.

맑은 빛 가슴으로 받아들여 즐겨,

마음 속이 밝고 깨끗해졌습니다.

십년 동안 산속에서 지내면서,

나아간 바는 더욱 깊어졌습니다.

칼날 빛이 위로 치솟는 듯,

난초 향기가 멀리 퍼지는 듯.

덕을 숨겨도 숨길 수 없어,

이름이 훌륭하신 임금님에게 알려졌습니다.

임금님께서 교서敎書[26] 내려 불러,

은혜 베풀어 벼슬에 임명했습니다.

숨어 엎드려 일어나지 않기를,

마치 새가 주살[27] 피하 듯했습니다.

---

25) 그림이나 상像처럼 : '고요하게 앉아 조금도 움직이지 않는다'는 뜻이다.

26) 교서敎書 : 국왕의 명령을 담은 글.

27) 주살 : 뒤에 줄이 달린 화살.

남명南冥, 그 **학덕**學德을 그리며

평소의 절조節操에 더욱 힘쓰니,

감히 그 뜻 빼앗을 수 없었습니다.

몸은 구름 낀 바위 속에 있지만,

늘 나라를 걱정하고 있었습니다.

여러 번 상소하여 대궐 앞에 부르짖었나니,

대단한 말씀 바르고 발랐습니다.

마치 손에 좋은 칼을 잡고서,

가을 빛을 마음껏 가르듯했습니다.

세상에서 버리고 살피지 않았지만,

그대에게 무슨 해될 것 있었겠습니까?

사대부들이 그 기풍氣風을 추앙하여,

서로 사귀고 접촉했습니다.

그대의 맑은 논의를 들으면,

음악 듣는 것보다 더 즐거웠습니다.

배우려 하는 많은[28] 사람들이,

경서를 가지고서 와서 물었습니다.

한 마디 말로 의혹 제거해 주시니,

해를 보듯 분명했습니다.

황하黃河에서 여러 사람들이 마셔,

각각 그 배를 채울 수 있었습니다[29].

---

28) 많은 : 여러 종류의 『남명집南冥集』의 원문에 '기기祈祈'로 되어 있고,
『대곡집大谷集』에도 '기기祈祈'로 되어 있는데, 이는 마땅히 '기기祁祁'로
되어야 한다. '기기祈祈'의 뜻은 '느리다'이고, '기기祁祁'의 뜻은 '많은
모양'이다.

29) 황하黃河에서 … 있었습니다 : 『장자莊子』에, "황하의 강물은 한량없이

덕德 있는 원로에 힘입어,

사람의 모양 이룰 수 있었습니다.

하늘은 이런 분을 남겨두지 않아,

마룻대가 부러지듯[30] 갑자기 작고하였습니다.

아아! 슬픕니다.

신령스런 용이 떠났으니,

물고기나 벌레들은 의지할 데가 없습니다.

유림儒林의 종장宗匠이 세상을 떠났으니,

우리들은 누구를 스승으로 삼아야 하겠습니까?

하늘을 보고 울부짖어도 도리가 없고,

나 같은 것 백 명으로도 대신할 수 없습니다.

구름도 근심스러운 듯 물도 목이 메는 듯,

산의 수풀도 쓸쓸해졌습니다.

거룩하신 임금님 마음에 슬픔이 일어나,

품계 뛰어넘어 관작을 추증하셨습니다.

관원에게 명하시어 조문하고 치제致祭[31]하셨으니,

총애롭게 내려주심 넉넉했습니다.

아아! 슬픕니다.

내가 막 갓을 썼을 때[32],

많지만, 두더지는 자기 배만큼 밖에 마시지 못 한다"라는 말이 있다. 여기서는 '남명의 학문은 황하 같은데, 제자들은 각자 그 그릇만큼 얻어간다'는 뜻이다.

30) 마룻대가 부러지듯 : 위대한 인물의 서거를 비유한 말이다.

31) 치제致祭 : 국왕이 왕족이나 대신 및 국가를 위해서 죽은 사람에게 제문과 제물을 갖추어 관원을 보내어 제사 지내 주는 것을 말한다.

32) 막 갓을 썼을 때 : 옛날에는 20세 쯤에 관례冠禮를 하고 갓을 썼다. 그러

16

남명南冥, 그 **학덕**學德을 그리며

그대와 서로 알았습니다.

환한 서리처럼 뜻이 맞아,

흙으로 만든 피리와 가로 부는 피리 소리 화음 이루 듯[33].

쪼고 갈고 한 것은,

오직 도道와 덕德이었답니다.

그대의 날카로운 도끼 휘둘러[34],

나의 울퉁불퉁한 통나무 다듬어주었습니다.

내가 그대만 같지 못한 것 부끄러워했는데,

내가 인仁하게 되는 것 도와줄 것[35] 허락했습니다.

옛날 그대가 서울에 살 적에는,

집이 바로 이웃에 붙어 있었습니다.

아침에 만나 이야기하여 저녁까지 갔고,

밤에는 같은 자리에서 잠자기도 했습니다.

활시위와 화살이 서로 떠나 듯,

면 성인으로 인정받는 것이다.

33) 흙으로 … 이루 듯 : 『시경詩經』 소아小雅 「하인사편何人斯篇」에, "맏형은 흙으로 만든 피리 불고, 둘째 형은 가로 부는 피리부네.[伯氏吹壎, 仲氏吹篪.]"라는 구절이 있다. 형제가 서로 화합하는 것을 의미한다.

34) 날카로운 도끼 휘둘러 : 초楚나라 영郢 지방 사람이 사람의 코에다가 매미 날개 두께처럼 얇게 흰 흙을 바르고는 돌 다듬는 기술자로 하여금 깎아내게 했더니, 그 기술자가 도끼에 바람이 날 정도로 도끼를 빨리 휘둘러 깎아내었다. 그러나 흙은 다 깎여 나왔지만, 코는 조금도 다치지 않았다. 여기서는 '남명이 뛰어난 실력을 솜씨 있게 발휘했다'는 뜻이다.

35) 인仁하게 되는 것 도와 줄 것 : 『논어論語』 「안연편顔淵篇」에, "군자는 글로써 친구를 모으고, 그렇게 모은 친구로써 자기가 인仁하게 되는 데 도움을 받는다.[君子, 以文會友, 以友輔仁.]"라는 구절이 있다.

남기성南箕星[36]과 북두성北斗星처럼 서로 떨어지게 됐습니다.

모래 움켜지면 손에서 빠져나가는 듯,

구름과 용[37] 서로 떨어진 듯했습니다.

다만 서신을 통해서,

때때로 쓸쓸함 달랬답니다.

그대 숨을 거두기 전에는,

그래도 소식 이을 수 있었는데,

이제는 어떻게 하겠습니까?

저승과 이승 길이 떨어졌으니.

아아! 슬픕니다.

나도 이제 아주 늙었고,

고질병도 더욱 악화되었습니다.

말라빠진 귀신 같은 모습,

마루에서 내려갈 힘도 없습니다.

고개 돌려 남쪽 하늘 바라보니,

산과 내만 멀리 아득합니다.

상여가 길을 떠남에,

나는 상여줄[38]도 잡지 못한답니다.

관棺을 무덤 구덩이 속에 넣을 때,

나는 무덤 구덩이 가에 있지도 못했습니다.

---

36) 남기성南箕星 : 남쪽 하늘에 있는 별 이름.

37) 구름과 용 : 『주역周易』에 "구름은 용을 따르고, 바람은 호랑이를 따른다.[雲從龍, 風從虎.]"라는 말이 있다.

38) 상여줄 : 본래는 상여를 잡아당기기 위해서 매는 줄이었으나, 후세에는 조문객들이 그 줄을 잡고 애도를 표시하는 데 쓰였다.

남명南冥, 그 학덕學德을 그리며

음식 갖추어 제사 드릴 때도 직접 술 따르지 못하니,

어찌 정성을 다했다고 말할 수 있겠습니까?

절하는 것은 다른 사람 손 대신 빌렸지만,

우는 데는 목소리를 빌리지 않았답니다.

무덤 속에 계신 그대에게 면목 없지만,

내가 좋은 친구였다는 것 아실런지요?

글로써 내 마음을 적으니,

울음이 나오고 창자가 끊어지는 듯합니다.

아아! 슬픕니다.

흠향歆饗하시옵소서.

▪維隆慶六年壬申四月日 成運謹遣金可幾 敬祭于故宗親府典籤曺君
之靈 嗚呼 麟死魯郊 鳳去岐嶽 悠悠宇宙 靈物隱沒 於休哲人 爰耀其
儀 稟精崇嶽 千載應期 美質清粹 受之自天 如彼胎珠 濯出清淵 生而
岐嶷 頭角嶄然 清標映人 英才穎脫 超乎出類 雞群鵠立 其在兒齒 兀
乎老蒼 坐有常處 身不下堂 端嚴淵默 見者動魄 早自惕覺 厲志聖學
鼓作大勇 如怒未泄 下帷讀誦 研窮性理 常若不及 撑船上水 居敬集
義 反躬踐實 視聽言動 佩行四勿 覆簣爲山 其進未止 劤力鑿井 次水
後已 一片心地 汗馬收功 學成而醇 德積而崇 榮華外發 煥乎其文 思
若泉涌 健筆淩雲 豈事藻績 誇耀人目 立言造理 典謨是式 不喜祿仕
永捨擧業 人取我棄 不知者疑 豈曰無志 所學乖時 清思皦皦 厭世雰
濁 峩峩神山 雲深水碧 乘駒入谷 於焉匿跡 斲巖開屋 清風掃席 白屛
烏床 左史右經 凝神尸坐 儼若圖形 時乎息焉 揩杖乃起 穿雲訪鶴 聽
泉醒耳 每値良宵 天心得月 抱弄清輝 方寸皎潔 十年于山 所造益深
劍輝上騰 蘭香遠聞 潛德不掩 名徹華勛 鶴書徵召 恩加命服 潛伏不

起 如鳥避弋 素節愈厲 莫我敢奪 身處雲巖 憂在王國 累章叫閽 大論
謇諤 如持大阿 橫截秋光 投棄不省 於君何傷 縉紳推風 交蓋接武 聽
聞淸論 樂甚鍾鼓 祁祁學徒 抱經就質 單辭祛惑 明若覩日 群飲于河
人得滿腹 方倚耆德 作人儀則 天不憗遺 樑摧奄及 嗚呼哀哉 神龍逝
矣 鱗介靡依 儒宗亡矣 吾黨誰師 呼天無及 百身莫贖 雲愁水咽 山林
蕭瑟 聖心興悼 超秩贈爵 命官弔祭 寵錫優渥 嗚呼哀哉 余始戴冠 與
子相知 明霜契合 和如塤箎 琢之磨之 惟道與德 揮君利斧 斲我頑樸
愧我不如 許以輔仁 昔在洛都 連棟爲隣 朝談侵夕 夜眼同床 弦失相
離 箕南斗北 搏沙放手 雲龍相失 獨憑烹魚 時慰惻惻 由其不死 聲聞
猶續 今其奈何 幽明永隔 嗚呼哀哉 我老其耋 宿痾轉篤 鬼質枯羸 下
床無力 回望天南 山川遼闊 神駕啓路 我不執紼 靈櫬下土 我不臨穴
奠不親酧 曷云盡誠 拜雖代手 哭不借聲 無面泉裏 見我良執 辭以寫
臆 擧聲腸絶 嗚呼哀哉 尙饗

남명南冥, 그 학덕學德을 그리며

3. 또 … 노진盧禛[39]

생각건대 공公(南冥)은,

하늘의 바른 기운 받았습니다.

깨끗함과 정성스러움이 안으로 독실하였고,

곧고 반듯한 것[40]은 바깥으로 나타난 절조節操였습니다.

옛날 훌륭한 분들처럼 뜻을 고상하게 가지고,

용감하게 나아가기를 게을리 하지 않았습니다.

높은 벼슬을 흙탕처럼 여겼고,

자신이 더럽혀질까 곱지 않은 눈으로 보았습니다.

확고하게 스스로를 지켜,

돌처럼 단단하였습니다.

말씀하시면 재주가 번뜩여서,

우레가 사나운 듯 바람이 매서운 듯했습니다.

시대를 걱정하고 풍속을 근심하여,

그 것이 얼굴빛에 나타났습니다.

착한 것은 좋아하고 사악한 것 미워하는 마음이

가슴 속 진실한 데서 나왔습니다.

기미幾微를 꿰뚫어 살펴,

근본적인 것을 해결하려고 했습니다.

---

39) 노진盧禛(1518-1578) : 조선 중기의 문신. 자는 자응子膺, 옥계玉溪는 그의 호. 본관은 풍천豐川 함양咸陽에 거주하였다. 문과에 급제하여 벼슬이 이 조판서吏曹判書에 이르렀다. 문집 『옥계집玉溪集』이 있다.

40) 곧고 반듯한 것 : 『주역』에 "경건함으로써 안을 곧게 하고, 정의로써 바 깥을 반듯하게 한다.[敬以直內, 義以方外.]"라는 구절이 있다.

일을 만나면 강직하고 과감하여,

머뭇거리거나 막힘이 없었습니다.

맑고 밝고 산뜻하여,

의리를 연마할 만했습니다.

일찍이 기이한 문장을 일삼아,

한 시대를 압도하려고 마음 먹었습니다.

용기 있게 과거공부 버리고는 돌아보지 않으며,

사립문 닫고 달갑게 지냈습니다.

아는 것으로써 자신을 잘 수양했으니,

높은 벼슬을 탐탁하게 여겼겠습니까?

온 세상이 눈에 차지 않아,

느긋하게 한번 웃고 말았습니다.

도道가 높아지자 미움을 당하여,

뭇 사람들이 지껄이는 소리 면치 못했습니다.

공께서는 그 절조節操을 한결 같이 하여,

후회할 것도 허물 될 것도 없었습니다.

마침내 세상 사람들에게 그대로 안정되어,

마음으로 기꺼이 승복하게 되었습니다.

이로부터 느긋하게 지낸 것이,

얼마나 많은 세월이었습니까?

산해정山海亭41)과 뇌룡사雷龍舍42)를,

---

41) 산해정山海亭 : '태산泰山에 올라서 넓은 바다를 본다' 뜻을 취한 것으로 학문하는 방법을 비유한 뜻에서 붙인 이름이다. 김해金海 신어산神魚山 기슭에 있었는데, 남명 사후 유림들이 거기에 신산서원新山書院을 지어 남명을 향사하였다. 1868년 훼철되었다가, 1999년에 다시 복원되

남명南冥, **그 학덕**學德**을 그리며**

얽매임 없이 왔다갔다하셨습니다.

만년[43)]에는 두류산頭流山[44)]에 터를 잡아,

이에 사실 곳을 얻어셨습니다.

나무와 대가 무성하였고,

시내와 골짜기는 그윽하였습니다.

서재에 산천재山天齋[45)]라 이름 걸고서,

단정히 앉아 도道를 맛보았습니다.

한 소쿠리 밥과 한 바가지 국물로,

아무런 욕심 없이 살아가셨습니다.

학이 높은 언덕에서 우니[46)],

벼슬 임명하는 교서教書 여러 번 내려왔습니다.

작게 쓰일 뜻이 없었으니[47)],

었다.

42) 뇌룡사雷龍舍 : 남명南冥이 그의 출생지인 합천군陝川郡 삼가면三嘉面 토동兔洞에 지은 집 이름. '뇌룡雷龍'은, '시동처럼 가만히 있다가 때가 되면 용처럼 나타나고, 깊은 연못처럼 묵묵히 있다가 때가 되면 우레처럼 소리친다尸居而龍見, 淵默而雷聲'라는 뜻이다.

43) 만년 : 남명이 61세 되던 1561년에 삼가三嘉 토동兔洞에서 지리산 동쪽 덕산德山으로 옮겨와 산천재山天齋를 짓고 강학하였다.

44) 두류산頭流山 : 지리산智異山의 본래 이름. 백두산白頭山의 산맥이 흘러왔다는 뜻이다.

45) 산천재山天齋 : 남명南冥이 61세 때 지리산 동쪽 기슭인 덕산德山으로 옮겨와 지은 집. 19세기에 중건한 건물이 남아 있다. '산천山天'이란, 『주역周易』 대축괘大畜卦를 뜻한다.

46) 학이 … 우니 : 『시경詩經』 소아小雅 「학명편鶴鳴篇」에, "학이 높은 언덕에서 우니, 그 소리가 들판에 울려퍼지네.[鶴鳴于九皐, 聲聞于野.]"라는 구절이 있다. 은자가 숨어 살아도 그 명성은 저절로 널리 퍼진다는 뜻이다.

47) 작게 쓰일 뜻이 없었으니 : 남명南冥은 세상을 버리고 숨은 사람이 아니

어찌 가벼이 나아가 사은謝恩[48]하겠습니까?

오히려 시속時俗이 거짓스러운 것 염려하고,

다시 백성들의 고통상을 슬퍼하였습니다.

피를 짜내어 상소했나니,

말씀은 굳세고 발랐습니다.

그 사이 임금님께서 사람 보내어 불렀나니,

예의를 갖춘 뜻이 아주 깊었습니다.

그래도 공은 역마를 타고 가지 않았는데,

타고가신 말과 하인은 초라하였습니다.

대궐 섬돌에 올라 한 번 대면하시고는,

하직도 하지 않고 바로 돌아와 버렸습니다[49].

그 뒤에도 집 문 앞까지 임금님께서 가마 보내었고,

배우려는 선비들은 몰려들었습니다.

격앙하여 떨쳐 일어나니,

었다. 굳이 벼슬하지 않으려고 한 것이 아니고, 벼슬할 만한 때를 만나면 세상에 나가 벼슬할 뜻이 있었다. 그러나 벼슬에 나가지 않은 이유가 여럿 있지만, 그에게 내린 벼슬이 어떤 경륜을 펼 수 있는 자리가 아닌 것도 그 이유 가운데 하나다.

48) 사은謝恩 : 사은숙배謝恩肅拜의 준말. 관직에 임명된 사람이 대궐에서 임금에게 국궁사배鞠躬四拜하며 국왕의 은혜에 감사함을 표시하는 의 전절차.

49) 대궐 … 버렸습니다 : 남명南冥이 66세 되던 1566년 10월에, 명종明宗의 부름을 받고 대궐에 나가 대화를 나누었다. 이 때는 윤원형尹元衡 등 권 간權奸들이 물러나 명종이 친정을 하기 시작했으므로, 어떤 일을 해 볼 수 있다는 희망을 갖고 갔다. 그러나 명종과 대화를 해 보고는, 같이 일을 해 볼 만한 임금이 못 된다고 판단하고는 곧 바로 지리산으로 돌아와 버렸다.

남명南冥, 그 학덕學德을 그리며

느껴 분발하는 사람 많았습니다.

공은 어진이라 오래 사셔서,

맑은 복을 길이 누리실 줄 알았더니,

어찌하여 한번 병들게 되자,

갑자기 마룻대 부러지듯 돌아가시는지요.

먼 곳 가까운 곳 할 것 없이 놀라 탄식하였습니다.

선비 벗들이 울부짖으며 발을 구르고,

공의 뜻과 행동을 슬퍼하였습니다.

비록 은혜 베풀어 등용한 바는 없었지만,

살아 계실 때 임금님께서 곡식 내리셨고,

돌아가셔서는 임금님 뜻으로 치제致祭하셨습니다.

우리 동쪽 나라에서

공 같은 엄숙한 기풍氣風은 처음 봅니다.

하찮은 저는 재주 없고 못났습니다만,

오래도록 북두칠성처럼 우러러보았습니다.

매양 훌륭한 말씀 들을 때마다,

더러움의 싹이 저절로 사라졌습니다.

지난 해 동짓달에,

산길에 올라보니,

성긴 소나무가 비에 씻기고,

떨어진 잎에 그윽한 오솔길 파묻혔습니다.

뜰의 섬돌에서 절하고 읍揖하니,

우러르는 마음을 더욱 더 느낄 수 있었습니다.

공을 바라보니 나르는 봉황새 같았고,

저를 보니 땅강아지나 개미 같았습니다.

얼마 되지 않아 학질을 만났는데,

문병하는 사신이 계속 달려왔습니다.

일에 얽매여 늦게서야 문병하였더니,

병세가 위급한 지경에 이르렀습니다.

손을 잡고 우러러 뵈었는데,

슬픈 느낌 어찌 다함이 있으리오?

그래도 정신이 지탱하시리라 믿었는데,

길이 가실 줄 누가 생각이나 했겠습니까?

병으로 아무 일 못하고 석 달 지내다 보니,

한 번 곡하는 것도 방법이 없었습니다.

이제 장례할 때가 다 되어서야,

비로소 허둥지둥 달려왔습니다.

술을 걸러서 슬픔을 고하나니,

공께서는 밝게 여기로 오시려는지요?

아아! 슬픕니다.

흠향歆饗하시옵소서.

・惟公 受天正氣 爲世人豪 潔誠內植 直方外操 抗志古人 勇往不怠
泥塗軒冕 晼視若洗 確乎自守 其介如石 言論英發 雷厲風烈 憂時憫
俗 動於容色 好善嫉邪 發自衷悃 洞察幾頭 要拔原本 遇事剛果 無有
吝滯 淸明脫灑 義堪砥礪 早事奇文 期軼一世 勇抛不顧 甘掩柴莉 知
以善養 肯屑鼎牲 眼空宇宙 一笑悠悠 道高見憎 不免羣咻 公一其操
無悔無尤 卒隨以定 心乎翕服 從此優游 幾多歲月 山海雷龍 往來無

阻 晚卜頭流 爰得我所 樹竹悄蒨 溪壑窈窕 齋牓山天 端坐味道 一簞
一瓢 曠然自老 鶴鳴九皐 除書屢下 志無小用 詎輕赴謝 猶念時偸 復
惻民病 瀝血控疏 論說勁正 中有旌招 禮意殊夐 亦不馴赴 馬僕蕭然
登陛一對 不辭言旋 槎軺踵廬 衿佩來朋 激昂振發 多有感興 庶幾仁
壽 永享淸福 如何一疾 遽摧樑木 退邇驚嗟 士友號踊 嗟公志行 縱無
施用 生有賜粟 歿優諭祭 創見我東 猶存風厲 眇予蹇劣 久仰斗杓 每
承高論 鄙萌自消 去歲冬仲 一躡山磴 雨洗疏松 葉沒幽徑 拜揖庭階
愈覺仰止 望公翔鳳 自視螻蟻 未幾遘虐 問价續馳 牽纏晚省 勢及殆
而 執手仰視 情慘焉窮 猶恃神扶 孰意長終 病廢三月 一哭無從 今迫
窆歹 乃始匍匐 瀝酒告哀 逝肯昭格 嗚呼哀哉尙饗

4. 또 … 문인 오건吳健⁵⁰⁾

천지의 원기元氣가 모여서,
현철賢哲한 인물 독실하게 낳았습니다.
해동海東에 우뚝하였고,
세상을 덮을 만한 정신이었습니다.
용이 깊은 연못에 잠긴 듯,
봉황새가 천 길 날아오르듯 했습니다.
선생의 밝음은 귀신까지 꿰뚫었고,
용기는 나라 군대 장수도 빼앗을 수 있었습니다.
횡거橫渠⁵¹⁾ 같은 장한 뜻을 가지고,
의리 보고서 재빨리 떨쳐 일어났습니다.
태산泰山 같은 기상과 가을 같은 늠연한 기운으로,
구차한 풍속을 압도하였습니다.
그 재주는 세상을 다스리고 백성들 구제할 만했으나,
속 좁은 자들이 어찌 받아들였겠습니까?
거친 주먹질하듯 크게 발길질하듯 하니,
선생 같은 분을 둘 곳이 없었습니다.

---

50) 오건吳健(1521-1574) : 조선 중기의 문신, 자는 자강自强, 호는 덕계德溪, 본
   관은 함양咸陽, 산청山淸에 살았다. 문과에 급제하여 이조정랑吏曹正郎을
   지냈다. 남명南冥의 제자이면서 퇴계退溪의 문하에도 출입하였다. 문집
   『덕계집德溪集』이 있다.

51) 횡거橫渠 : 송宋나라의 성리학자 장재張載. 횡거는 그에 대한 존칭. 자는
   자후子厚. 저서로『정몽正蒙』,『장자전서張子全書』등이 있다. 그는 본래
   병법에 관심이 많다가 하루 아침에 깨닫고 유학으로 돌아온 적이 있다.

남명南冥, 그 학덕學德을 그리며

난초 차고 연잎으로 만든 옷52) 입고,

느긋하게 초야에 묻혀 살기로 길이 맹세하셨습니다.

자신의 위치를 단단히 세우고서,

지절志節을 굳게 하기로 결심하였습니다.

함양涵養하여 성찰함에 경敬을 위주로 하셨고,

의義로써 결단하여 통제하고자 하셨습니다.

바람을 타고 우레를 채찍질하듯53),

자유롭게 처신하시면서 원대한 것을 지향하셨습니다.

강직하고 반듯하고 엄숙하고 의연하셨고,

먹줄처럼 곧고 수평기水平器처럼 공평하셨습니다.

마음을 비워 투명하면서도 깔끔하셨고,

옥처럼 깨끗하였고 얼음처럼 맑으셨습니다.

햇볕 같은 덕德을 산처럼 쌓아서,

많은 사람들을 탁 틔워주셨습니다.

눈으로는 기미幾微를 알아보셨고,

마음으로는 고금의 일 파악하셨습니다.

차분하게 착한 일을 즐기시니,

봄날처럼 빛나셨습니다.

---

52) 난초 … 입고 : 은자의 생활을 말한다. 『초사楚辭』「이소離騷」에, "가을 난초를 꿰어서 패물로 삼고,[紉秋蘭以爲佩]", "연잎을 잘라 저고리 만들고, 연꽃을 모아 치마를 만든다네.[製芰荷以爲衣兮, 集芙蓉以爲裳.]"이라는 구절이 있다.

53) 바람을 타고 우레를 채찍질하듯 : 주자朱子의 「강절선생찬康節先生贊」에, "바람을 타고 우레를 채찍질하며 하늘 끝을 두루 보았네.[駕風鞭霆, 歷覽天際.]"라는 구절이 있다. 여기서는 남명의 학문이, '규모가 크고 자유스럽고 독특하다'는 뜻으로 쓰였다.

격분激奮하여 악을 미워하니,

날카로운 칼날 같았습니다.

사람의 흐릿한 마음 밝게 해 주시고,

세상의 각박하고 흐린 것 맑게 해 주셨습니다.

천명을 받고 태어난 재주 쓸 데 없었으나,

사물을 사랑하는 뜻 늘 갖고 계셨습니다.

백성들 보기를 아픈 사람 보듯 하시어,

속에서 우러나온 정성으로 동정하고 걱정하셨습니다.

구제할 대책을 강구하고 작성해서,

사람들 대하여 시원하게 이야기하셨습니다.

숨어 지내셨지만 세상을 잊은 건 아니었고,

뜻 얻지 못해도 어찌 혼자만 깨끗하게 하셨겠습니까54)?

선생 덕분에 선비들은 나아갈 바를 알게 되었고,

백성들은 그 덕德에 감복하게 되었습니다.

진실로 저의 스승이시고,

정말 먼저 깨달은 분이십니다.

마음으로 본체本體와 작용作用에 대해서 터득하셨으니,

그 학문은 귀로 듣고 입으로 말하는 것이 아니었습니다.

백대百代에 한번 나올 만한 큰 유학자이셨고,

세 임금님으로부터 부름을 받은 선비이십니다.

갖옷 입은 엄광嚴光55) 같은 은자의 생활에서 잠시 일어났지만,

---

54) 뜻을 … 하셨겠습니까 : 『맹자孟子』 「진심상편盡心上篇」에, "뜻을 얻지 못하면 홀로 그 몸을 깨끗하게 하고, 뜻을 얻으면 아울러 천하를 좋게 만든다.[窮則獨善其身, 達則兼善天下.]"라는 말이 있다.

55) 갖옷 입은 엄광嚴光 : 후한後漢 광무제光武帝의 친구인 엄광嚴光은 절강성

남명南冥, 그 학덕學德을 그리며

은殷나라의 장마비56)가 되지는 못하셨습니다.

몇 차례 강직한 상소를 하여,

단지 충성스런 마음만 나타냈습니다.

몸이 작고하여 사라지셨으니,

하늘의 도리는 믿기 어렵습니다.

아아! 슬픕니다.

소생 오건吳健도,

외람되게 따르며 모셨습니다.

공부하는 방법과,

때를 알아보는 의리로,

귀를 잡고 게으름을 깨우쳐 주셨고,

타일러 인도하심은 정성스럽고 지극했습니다.

썩은 나무에는 조각하기 어려웠나니57),

멍청한 저를 깨우쳐주었지만 깨닫지는 못했습니다.

이름 얻는 길로 발을 들여놓고,

바깥의 영화榮華에 마음이 홀렸습니다.

浙江省 부춘산富春山에 숨어서 밭 갈고 낚시질하며 지냈는데, 갖옷을 입고 생활하였다.

56) 은殷나라의 장마비 : 『서경書經』「열명편說命篇」에 이런 내용이 있다. 은殷나라 고종高宗이 부암傅巖의 길 닦는 공사판에서 부열傅說을 발견하여 정승으로 삼고는, "만약 크게 가문다면, 내가 너를 장마비로 삼겠다"라고 말했다. 은나라의 정식 명칭은 상商이다. 여기서는 '그 당시 임금이 남명을 알아주어 정승감으로 삼지 않았다'는 뜻이다.

57) 썩은 … 어려웠나니 : 『논어論語』「공야장편公冶長篇」에 이런 내용이 있다. 공자孔子의 제자 재여宰予가 낮에 누워 잠을 자자, 공자께서 "썩은 나무에는 무엇을 새길 수가 없다.[朽木不可雕也.]"라고 꾸지람을 했다.

31

제문祭文

정신없이 이러 저리 쏘다니다보니,
병마저 달려들었습니다.
몇 년만 더 시간이 있었다면,
엄격한 선생님 곁에서 모시고서,
저의 굼뜨고 몽매한 것 깨우쳐,
만년의 효과 거둘 수 있었을 텐데.
이렇게 될 줄 어찌 생각이나 했겠습니까?
놀라 울부짖으며 견딜 수 없습니다.
아아! 슬픕니다.
지난해 늦 가을 음력 구월에,
산기슭으로 찾아가 절 올렸습니다.
덕스러운 모습은 빼어나고 순수하였고,
말의 기운은 장엄하고 확실하였습니다.
우물쭈물하는 저를 채찍질하여,
흐릿하고 막힌 것 깨우쳐 주셨습니다.
이야기가 요즈음의 일에 미치자,
혀를 차며 크게 탄식하셨습니다.
그 사이 시일이 얼마 됐다고,
갑자기 위독한 병에 걸리시다니?
천리 밖에서 소문 듣고 놀라,
두 번 봉지에 싼 약을 부쳐 보냈습니다.
저의 뜻이 전달되기도 전에,
문득 세상을 떠나시게 되었습니다.
편찮으실 때는 곁에서 모시고 수발도 못했고,

남명南冥, 그 **학덕**學德을 그리며

숨 거두실 때는 반함飯숨⁵⁸⁾에도 참여 못했습니다.

누가 알겠습니까? 저의 슬픔을,

죽어도 남은 한恨이 있겠습니다.

아아! 슬픕니다.

강직하고 밝은 그 자질,

바르고 큰 그 그릇,

굳세고 환한 그 절조節操,

독실하게 믿는 그 뜻,

쌓으신 그 경륜經綸,

권장하고 경계하신 말씀 등을,

다시는 바라보거나 들을 수 없게 됐습니다.

보잘것없는 저는 누구를 의지해야 되겠습니까?

집이 있어도 조용하고,

서재가 있어도 적막합니다.

그윽한 골짜기에 시냇물 소리만 울리고,

빈 뜰엔 풀만 푸르군요.

누구를 위해서 다시 찾겠습니까?

훌륭하신 모습 우러러 그리워합니다.

말과 생각이 여기에 미치니,

창자가 찢어지는 듯 심장이 무너져내리 듯합니다.

모르겠습니다. 어느 해에 다시,

선생님 같은 분 태어나실는지?

---

58) 반함飯숨 : 상례喪禮 절차의 한 가지. 사람이 막 죽으면 깨끗하게 목욕을
시키고, 임에 구슬이나 패물, 쌀 등을 물리는 절차.

우리 유학이 일으나느냐 망하느냐?

세상 편안할 건지 위태로울 건지 선생님에게 달렸습니다.

위로는 국가를 위해서 슬퍼하고,

아래로는 저 개인 때문에 통곡합니다.

단지 빈소 앞에 기대어 있으니,

눈물이 샘 솟 듯합니다.

어둡지 않은 영령英靈이 존재하시리니,

저의 정성을 살펴주시기 바랍니다.

아아! 슬픕니다.

흠향歆饗해 주시옵소서.

・元氣之會 篤生哲人 卓立海東 蓋世精神 龍潛九淵 鳳翔千仞 明透鬼神 勇奪行陣 橫渠壯志 見義奮迅 泰山秋氣 俯壓儱風 經濟其才 局蹐何容 龘拳大踢 着他無地 蘭佩荷衣 軸邁永矢 立定脚跟 堅節刻意 涵省主敬 斷制以義 駕風鞭霆 濶步遠指 剛方嚴毅 繩直準平 虛明洒落 玉潔氷淸 艮蓄陽德 雷開萬戶 眼索幾微 心衡今古 休休樂善 燁燁春容 奮然嫉惡 差差劍鋒 爽人昏憒 澄世澆濁 才屈命世 志常愛物 視民疲瘵 血誠矜惻 硏畫救策 對人痛說 隱非忘世 窮豈獨潔 士知所趨 民服其德 允矣吾師 展也先覺 心得體用 學非口耳 百代大儒 三世徵士 暫起嚴裘 不作商霖 數封直疏 只露丹心 殉身以歿 天道難諶 嗚呼哀哉 健也小生 亦忝趨侍 爲學之方 識時之義 提耳警惰 誘掖諄至 朽木難雕 呼寐莫醒 失脚名途 薰心外榮 奔馳貿貿 病魔乘之 庶假數年 獲侍嚴儀 冀擊頑蒙 以收桑楡 何意至此 不堪驚呼 嗚呼哀哉 去歲季秋 尋拜山麓 德宇英粹 辭氣厲確 鞭策蹇步 警發昏塞 亦及時事 齋嗟太息 曾幾時日 遽娶劇疾 千里驚聞 再寄封藥 未及達意 奄至易簀 病

남명南冥, 그 **학덕**學德을 그리며

不侍扶 殁不飯含 孰知我悲 死有餘憾 嗚呼哀哉 剛明之資 正大之器 堅白之操 篤信之志 經綸之蘊 勸戒之辭 不復瞻聆 小子疇依 有舍闃寂 有齋窈冥 溪鳴幽洞 草綠空庭 爲誰重尋 瞻慕儀刑 言念及此 腸裂心摧 不知何年 復此胚胎 斯文興喪 係世安危 上爲國痛 下哭吾私 祗憑几筵 有淚如泉 不昧者存 庶鑑鄙處 嗚呼哀哉 尙饗

5. 또 … 정인홍鄭仁弘[59]

아아! 선생님이시여.

맑고 높은 것을 본성으로 삼으셨고,

호방하고 고상한 것은 천성에서 나왔습니다.

학문은 오직 홀로 보아서,

성현에게서 증명했습니다.

마음 간직하기를 굳세게 하셨고,

용맹스럽게 사욕 이기기에 힘쓰셨습니다.

마음 지키기는 임금이 팔짱 끼고 깊숙이 있는 듯[60],

사욕 극복은 군대가 피 흘리며 싸우 듯하셨습니다.

오직 경敬과 의義로써,

처음부터 끝까지 행하셨습니다.

옥을 쌓은 듯 구슬을 간직한 듯[61],

---

59) 정인홍鄭仁弘(1536-1623) : 조선 중기의 문신. 자는 덕원德遠, 호는 내암來庵, 본관은 서산瑞山, 남명南冥의 제자. 추천으로 벼슬에 나아가 영의정에 이르렀다. 광해군光海君 때 대북파大北派의 영수였으나, 인조반정仁祖反正 이후 처형되었다. 문집 『내암집來庵集』이 남아 있다.

60) 임금이 팔짱 끼고 깊숙이 있는 듯 : 『논어論語』「위령공편衛靈公篇」에, 공자孔子께서, "특별히 하는 일 없이 다스리는 사람은 아마도 순舜임금일 것이다. 그 무엇을 했던가? 자신을 공손히 하여 바로 남쪽을 향해 임금 자리에 앉아 계셨을 뿐이다.[無爲而治者‘其舜也與! 夫何爲哉? 恭己正南面而已矣.]"라고 하셨다. 여기서는, '남명이 마음가짐을 순리대로 했지, 억지로 욕심을 부리지 않았다'는 뜻이다.

61) 옥을 … 간직한 듯 : 명明나라 주영周瑛의 「잡영雜詠」이라는 시에, "진주 가 감추어져 있으면 못이 이에 아름답고, 옥이 쌓여 있으면 산이 빛을 머금는다네.[珠藏澤乃媚, 玉蘊山含輝.]"라는 구절이 있다.

서리가 삼엄한 듯 햇살이 따가운 듯,

산이 서 있는 듯 연못이 맑은 듯하셨습니다.

일에 대응하고 사물을 접하는 데 있어,

기운은 안정되고 정신은 집중되셨습니다.

높고 원대한 식견識見으로,

나가 도道를 행할 것이냐 숨을 것이냐를 일찍 결정하셨습니다.

때가 막히느냐 형통하느냐에 따라서,

용처럼 웅크리기도 하고 봉황새처럼 날기도 하는 것입니다.

세상에서 숨어지내면서도 고민이 없었고,

양식이 여러 번 비어도 즐거웠습니다.

뜻이 확고하여 뽑히지 않았으니,

『주역周易』에서 칭찬한 덕德[62] 그대로였습니다.

임금님 윤음綸音이 여러 차례 이르렀는데도,

녹봉 먹기를 오히려 부끄러워했습니다.

세상 잊고 멀리 가는 것은 뜻이 아니었고,

선생께서 스스로 중시하는 것은 의리였습니다.

평생 한결같은 마음으로,

세상 걱정 간절히 하셨습니다.

경륜經綸은 소매 속에 넣어둔 채,

단지 백성 편안하게 하고 세상 구제하려 했습니다.

하늘이 수명을 연장해 주셨다면,

배우러 오는 이들 다정하게 격려하셨을 것입니다.

---

62) 『주역周易』에서 칭찬한 덕德 : 『주역』「건괘乾卦」에 "확실해서 뽑히지 않는다.[確乎其不可拔.]"이란 말이 있다.

운명인 듯하니 위독한 병환을,

하루 저녁 사이에 갑자기 앓으셨습니다.

기뻐하게 될 차도 있겠지 했었는데,

끝내 어찌해서 한번 낫지 않는 겁니까?

아아! 슬픕니다.

우리 유학儒學 맡길 길이 없기에,

어진이 어리석은 사람 할 것 없이 같이 걱정합니다.

어디를 우러를까 하고 한 번 통곡하였나니,

오직 저의 의지할 곳이었는데.

저는 보잘것 없는데도,

스물 전후해서 문하에 들어갔습니다.

책을 잡고 받아 읽었지만,

저는 가까이 가지를 못했습니다.

열어주어 무늬63)를 엿보게 하시면서,

간혹 '다른 사람과 같다'라고 하셨습니다.

산천재山天齋의 고요한 밤이요,

산해정山海亭의 맑은 새벽에,

선생께서는 차분하게 정성을 다해,

이끌어 가르쳐주었습니다.

어찌 생각이나 했겠습니까?

이제 그 풍모와 길이 떨어져 있어야 할 줄을?

---

63) 무늬 : 기유본己酉本 『남명집南冥集』에는, '반斑'자로 되어 있는데, 『내암
집集來庵集』에는 '반斑'자로 되어 있는데, '반斑'로 되어야 옳다. 여기서는
'반斑'자의 뜻으로 번역하였다.

남명南冥, 그 학덕學德을 그리며

달려오는 것이 유독 늦어,

염습敍襲할 때 관에 기대어 울지도 못했습니다.

슬픔을 머금어 간직하였는데,

어찌 그 끝이 있겠습니까?

변변찮은 음식 받들어 올리니,

좋게 보아주시길 바랍니다.

말로 다 표현하지 못하니,

이 성의를 살펴주시옵소서.

아아! 슬픕니다.

흠향歆饗하시옵서소.

· 嗚呼 先生 淸高所性 豪邁出天 學惟獨見 考諸聖賢 操存之固 勇剋
之力 一君拱深 三軍戰血 惟敬與義 以之終始 玉蘊珠藏 山輝澤媚 霜
嚴日烈 山立淵澄 應事接物 氣精神凝 高見遠識 夙決行藏 時乎否亨
龍蟄鳳翔 遯世無悶 屢空其樂 確乎不拔 易所稱德 綸音屢至 猶穀是
恥 長往非志 自重者義 生乎一念 眷眷憂世 經綸手袖 只自康濟 謂天
假年 鼓水來學 命矣劇疾 一夕遽作 庶幾有喜 終何不瘳 斯文靡托 賢
愚同憂 安仰一痛 獨我懷歸 弘也無狀 弱冠摳衣 執卷受讀 小子無幾
開發窺斑 或猶諸人 山天靜夜 海亭淸晨 函丈從容 提敎諄諄 豈意於
今 儀形永隔 奔赴獨後 歙不憑哭 含哀抱痛 曷有其極 奉奠菲薄 庶其
右只 辭不得盡 鑑此誠意 嗚呼哀哉 尙饗

6. 또 … 문인 김우옹金宇顒[64]

아아! 선생님이시여,

이런 지경에 이르렀습니까?

무리에서 뛰어난 재주와,

홀로 앞서 나간 식견이 있으셨습니다.

강하여 변치 않는 뜻과,

굳세어 뽑히지 않는 절조節操는,

이 세상에서 다시는 볼 수 없게 되었습니다.

굳세고 엄격한 학문과,

강렬한 햇살과 가을 서리 같은 기상과,

재기가 번뜩여 사람을 감동시키는 말씀과,

맑게 수양하여 세상을 면려하신 기풍氣風 등을,

다시는 직접 뵙고 배울 수가 없습니다.

아아! 슬픕니다.

보잘것없는 저는 얼마나 다행이었는지요?

스무 살 전후해서부터 곁에서 모시고 지냈으니.

공손히 생각해보건대 돌아가신 아버지께서도,

사실 지향하는 뜻이 선생님과 같았습니다.

선생님께서 "옛 사람이 정좌靜坐[65]하는 법이니,

---

64) 김우옹金宇顒(1540-1603) : 조선 중기의 문신, 학자. 자는 숙부肅夫, 호는 동강東岡, 본관은 의성義城, 성주星州에서 살았다. 문과에 급제하여 이조참판吏曹參判을 지냈다. 문집 『동강집東岡集』을 남겼다. 남명南冥의 외손서로서 남명에게 학문을 전수받았다. 퇴계退溪 이황李滉의 문하에도 출입하였다.

남명南冥**, 그 학덕**學德**을 그리며**

그대도 이렇게 하게나"라고 하시며,

외로운 저에게 베풀어 주셨으니,

저가 감히 따르지 않을 수 있었겠습니까?

선생님 집안에 몸을 맡기게 되어[66],

선생님의 제자가 되었습니다.

그 이후 10년 동안,

인도하고 권장해 줌을 갖추어 받들었습니다.

수준 높은 논의는 엄숙하고 매서웠으며,

덕德을 갖춘 모습은 높고도 시원했습니다.

산해정山海亭에 가을이 깊을 때나,

산천재山天齋에 가을이 쓸쓸할 때,

엄숙한 모습으로 저와 마주하여,

참된 공부를 가르쳐 주셨습니다.

얇은 바탕으로 비록 애썼지만,

절름거리는 걸음 앞으로 나가기 어려웠습니다.

선생께서 "네가 공부를 한다고 하면,

남들보다 백배 천배 노력해야 할 것일세"라고 하셨습니다.

'뇌천雷天'[67]이라는 두 글자,

저의 가슴에 새기게 했습니다.

---

65) 정좌靜坐 : 양생법養生法의 한 가지로 고요히 앉아 호흡을 조정하고 마음을 가라앉혀 정신을 수양하는 방법.

66) 선생님 … 맡기게 되어 : 동강東岡 김우옹金宇顒은 남명의 딸의 사위이다.

67) '뇌천雷天' : 『주역周易』「대장괘大壯卦」의 구성이 위는 우레를 상징하는 진震이고, 아래는 하늘을 상징하는 건乾으로 되어 있다. 대장괘의 상사象辭에서, "군자는 그 것을 본받아 예가 아니면 밟지 않는다"라고 했다.

선생님의 가르침 받들어 처신하면서,

감히 게으르거나 소홀히 하지 못했습니다.

벼슬에 나가느냐 집에 있느냐 하는 절조節操를,

군자는 신중히 하는 법이었습니다.

선생께서는 확고하게,

칠십여 년을 지내셨습니다.

보잘것없는 저가 좋아하여,

배우려했지만 되지 않았습니다.

세상길은 험난하여,

어질고 슬기로운 분이 위태롭고 두려워합니다.

발을 단단히 딛지 못해,

엎어지고 넘어질까 걱정한답니다.

마땅히 행해야 할 바를 여쭈었지만,

저 어리석고 엉성한 사람에게 맞는 바가 아니었습니다.

"눈 속의 소나무나 측백나무처럼,

너가 그렇게 되기를 나는 원하노라.

서로 계절이 추워질 때를 기약하여[68],

너가 무너지지 않기를 보장하라"라고 당부하셨습니다.

"도道를 착하게 하여 반드시 죽을 때 죽고[69],

---

68) 계절이 추워질 때를 기약하여 : 『논어論語』에, "한 해가 추워진 그런 뒤에라야 소나무와 측백나무가 늦게까지 푸르게 있다는 것을 안다[歲寒然後, 知松柏之後彫也]"라는 구절이 있다. '어려울 때를 당해도 지조를 변치 말자'는 뜻이다.

69) 도道를 … 죽고 : 『논어』 「태백편泰伯篇」에, "도를 착하게 하고 죽음을 지켜라[守死善道]"라는 구절이 있다.

남명南冥, 그 **학덕**學德을 그리며

학문은 오직 독실하게 미덥게 하라[70]”라고 하셨습니다.

보잘것없는 저 같은 사람의 어리석음으로,

감히 스스로 분발하지 않을 수 있겠습니까?

이에 선생의 지극한 가르침 마음에 새기고서,

소홀히 여길까봐 속으로 두려워하였습니다.

이에 귀의하기를 바랐나니,

저에게 큰 길을 제시해 주셨습니다.

문하에서 높은 의리에 감복하여,

날로 달로 나아가기를 기대했습니다.

도道를 갖추신 몸 건강하시기에,

그 모습 조금도 노쇠하지 않으리라 믿었습니다.

아아! 끝났습니다.

누가 알았겠습니까?

선생님께서 갑자기 세상 싫어하시는 마음 가지실 줄을.

지금 이후로 우리들은,

허둥지둥 어디로 가야한단 말입니까?

오직 몸을 닦아서 허물을 보완하여,

가르쳐주신 것을 저버리지 않아야 하겠습니다.

그러나 학문은 약하고 힘은 미미하니,

본래 먹은 뜻을 잃어버릴까 두렵습니다.

바라옵건대, 선생께서는 밝게 살펴 주시어,

저 세상에서 저의 뜻을 도와주시기 바랍니다.

---

70) 학문은 오직 독실하게 미덥게 하라 : 『논어』「태백편泰伯篇」에, “독실하게 믿고 배우기를 좋아하라[篤信好學]”라는 구절이 있다.

어둡고 아득한 저 세상에서도 어둡지 않은 영령英靈께서는,
저의 이 속 마음을 비추어 주시옵소서.

아아! 슬픕니다.

흠향해 주시기를 바랍니다.

▪ 嗚呼 先生而至是耶 出群之才 獨詣之識 强哉不變之志 毅乎不拔
之節 不復得見於此世矣 嗚呼哀哉 堅固刻勵之學 烈日秋霜之氣 英
發動人之言論 淸修勵世之風致 不復得以親炙之矣 嗚呼哀哉 小子何
幸 弱冠趨隅 恭惟先君 志實同趍 古人靜坐 謂公如之 施于孤露 敢不
遹追 托屬門牆 委以函丈 一十年來 備承誘獎 高論凜烈 德宇峻爽 海
亭秋深 山齋夜寂 肅容相對 誨我眞切 薄資難強 蹇步莫前 曰而做工
之百之千 雷天二字 俾我佩服 奉而周旋 不敢怠忽 出處之道 君子愼
諸 先生確然 七十年餘 小子悅之 學焉未能 世道崎嶔 賢智危兢 脚跟
未固 顚躓是虞 問所宜行 靡我愚疏 霜松雪柏 曰汝是願 相期歲暮 保
爾無隕 善必守死 學維篤信 小子之恫 敢不自奮 爰佩至訓 內懼薄涼
尙此依歸 示我周行 服高義於門下 期日邁而月征 恃道體之康強 喜
未替於儀形 嗚呼已矣 孰知先生遽懷夫厭世之情也 而今而後 吾復悵
悵 其何適也 惟修身以補過 庶無負乎敎育 然力弱而學微 恐素志之
有失 尙先生之昭鑑 陰有以輔吾志乎冥漠 不昧者存 照此衷曲

남명南冥, **그 학덕**學德**을 그리며**

7. 또 ⋯ 문인 정구鄭逑[71]

아아! 선생이시여.

하늘과 땅의 순수하고 강건한 덕 타고 나셨고,

강과 산의 맑고 깨끗한 정기를 모았습니다.

재주는 한 시대에 높았고,

기운은 천고千古의 긴 세월 덮었습니다.

지혜는 족히 천하의 변화에 통할 수 있었고,

용기는 나라 군대의 장수를 빼앗아 올 수 있었습니다.

태산泰山 절벽의 우뚝 솟은 듯한 기상氣像 있었고,

봉황새처럼 높이 나는 취향이 있었습니다.

산봉우리 꼭대기의 옥처럼 찬란하게 빛났고,

수면에 비친 달빛처럼 환했습니다.

저의 안목으로 보건데,

우리 동쪽 나라에 지금까지 있지 않았던 뛰어난 인물이십니다.

선생께서는 일찍이 문장을 공부하시어,

여러 가지 책에 널리 통하셨습니다.

글을 지음에 있어서는,

세상에 있는 평범한 말을 한 적이 없으셨습니다.

기이하고 위대하고 높고 특별했고,

---

71) 정구鄭逑(1543-1620) : 조선 중기의 학자이자 문신. 자는 도가道可, 호는 한
강寒岡, 본관은 청주淸州. 남명과 퇴계退溪의 문하를 동시에 출입하였다.
학행으로 천거되어 대사헌大司憲을 지냈다. 여러 학문에 두루 통달했고
저서가 아주 많았다. 대표적인 것으로 문집『한강집寒岡集』『심경발휘心
經發揮』등이 있다.

우뚝하게 솟고 강렬하셨습니다.

찬란하게 수놓은 비단처럼 화려하면서도,

용이나 호랑이를 그린 휘장처럼 빛났습니다.

고금에 이름을 빛낼 수도 있었고,

백세百世를 진통시킬 수도 있었지만,

"우리들이 해야 할 큰 일은 이런 데 있지 않다"라고 하시면서,

벼슬하느냐 않느냐 하는 옛 사람의 큰 절조에 들어맞는 말씀 있었습니다.

다 벗어나서 본성本性으로 스스로 돌아가,

자신의 수양을 위한 일에 분발하여 힘쓰셨습니다.

숨어 살면서 자신의 뜻을 추구하였고,

문을 닫고서 학문을 쌓아 가셨습니다.

충忠과 신信으로써 근본을 삼고,

경敬과 의義로써 주된 것으로 삼으셨습니다.

네 글자의 부절符節72)을 차고서,

백물百勿의 깃발73)을 세우셨습니다.

불속에서 허연 칼날의 정기74)를 뽑아내어,

---

72) 네 가지의 부절 : 화和, 항恒, 직直, 방方이다. 「신명사명神明舍銘」의 주석에 의하면, '화和'는 바깥 사물과 접하여 절도에 맞는 것, '항恒'은 항구적인 것, '직直'은 혼자 있을 때를 삼가는 것, 방方은 내 마음의 법도로 남을 헤아리는 것이다.

73) 백물百勿는 깃발 : 욕망에 끌려 자신의 언행을 망칠 수 있으므로 모든 욕망을 절제하라는 경계의 깃발. '백물百勿'은 '모든 것을 하지 말라'는 뜻인데, 남명南冥이 그린 「신명사도神明舍圖」의 그림 아래 부분에 대장기大壯旗가 있는데, 그 깃발 모양을 톱니처럼 그렸다. 그것은 '물勿'자의 모양을 본뜬 것이다.

남명南冥, 그 학덕學德을 그리며

안으로 밝히고 밖으로 결단하는 의리[75] 취하셨습니다.

하늘 위의 우레와 용의 그림을 그리고[76],

시동尸童[77]처럼 가만히 있다가 때가 되면 용처럼 나타나고,

연못처럼 묵묵히 있다가 우레처럼 소리치는 형상[78]이 보셨습
니다.

자신 이기는 엄격함은,

사람 몸의 아홉 구멍에서부터 받아들이는 욕망을 싹 쓸어버
리어,

간교한 소리와 난잡한 빛이 혹시라도 감히 범하지 못하게 하
였습니다.

보호하여 지키는 치밀함은,

세 관문[79]으로부터 들어오는 것을 막아서,

쓸데없는 생각이나 잡된 생각이 혹시라도 감히 싹트지 못하게
했습니다.

---

74) 불속에서 … 정기 : 남명南冥의 「서검병증조장원원書劍柄贈趙狀元瑗」이란
시에, "불 속에서 허연 칼날 뽑아내니, 서리 같은 칼 빛 광한루에까지
닿아 흐르네.[离宮抽太白, 霜拍廣寒流.]"라는 구절이 있다.

75) 안으로 … 의리 : 남명南冥의 「패검명佩劍銘」에, "안으로 마음을 밝히는
것은 경이고, 밖으로 행동을 결단하는 것은 의리다.[內明者敬, 外斷者義.]"
라는 구절이 있다.

76) 하늘 : 그리고 : 동강東岡 김우옹金宇顒이 지은 「남명행장南冥行狀」에, "솜
씨 좋은 화가로 하여금 우레와 용의 형상을 한 폭 그리게 하여 앉아 있
는 모퉁이에 걸어 드리웠다"라는 내용이 있다.

77) 시동尸童 : 옛날 제사지낼 때 신주 대신 앉혀 두는 아이.

78) 시동尸童처럼 … 형상 : 『장자莊子』「재유편在宥篇」, "시동尸童처럼 가만히
있다가 용처럼 나타나고, 연못처럼 묵묵히 있다가 우레처럼 소리친다"
라는 구절이 있다.

79) 세 관문 : 눈, 귀, 잎.

숙연肅然한 것은 귀신이 앞에 참여한 것 같았고,

살아 있는 용과 호랑이가 늘 큰 기운 덩어리 가운데 있었습니다.

평소 생활하는 옷 띠 사이에 오히려 사람 깨우치는 방울[80] 있었는데,

주인은 늘 정신이 깨어 있었고,

엄숙한 뜻은 사람들이 보지 않는 가운데서 더욱 간절하였습니다.

세월이 오래 되고 머금어 기르기를 깊이 함에 이르러서는,

큰 근본이 이미 섰습니다.

일상생활에서 이리저리 흘러 다니는 것이,

이런 움직이는 정묘精妙함 아닌 것이 없었습니다.

뒤에 태어난 보잘것없는 저는,

감히 계단이나 사다리로 올라가거나 치수로 재서,

우러러 선생의 형체의 끝을 헤아려 볼 수가 없습니다.

활발하고 익숙하여 말로 할 수 없는 경지에 이미 이르렀다고 감히 말할 수 없습니다.

선생의 도의道義는 고생한 뒤에 얻은 것이라 할 수 있습니다.

선생께서는 평생토록 한번도 세상의 도道 속에 있지 않은 적 없습니다.

백성들의 근심스럽고 고통스러운 상황이나,

나라의 위태로운 형세에 이르러서는,

일찍이 흐느끼고 답답해하시지 않은 적이 없었습니다.

혹 개인적으로 가슴 속에서 헤아려 조처할 방안을 마련하였고,

---

80) 사람을 깨우치는 방울 : 남명南冥은 정신을 깨우치기 위해서 늘 방울을 차고 다녔는데, 그 것을 '성성자惺惺子'라고 이름 붙였다.

남명南冥, 그 학덕學德을 그리며

먼저 기강紀綱을 다루는 근본적인 문제에 대해서 제시하였으니,

선생은 애초에 천하의 일을 탐탁하게 여기지 않는 분이 아니
었습니다.

그러나 덕德을 품고서 세상에서 숨어 지내며,

고결하게 스스로를 지켜,

궁벽한 산 빈 골짜기에서 거닐다가 한평생을 마치면서,

구름 낀 산을 짝하고,

소나무에 걸린 달을 즐겼습니다.

구중궁궐에서는 임금님께서 비록 부지런히 불렀지만,

초야에서 느긋하게 즐기는 생활은 변치 않았습니다.

마치 외로운 학이 아득한 하늘 높이 날아올라,

여유롭게 먼 강과 호수에서 스스로 즐기는 것 같았습니다.

그러나 끝내 선생을 불러올 수 없었으니,

선생께서 벼슬에 나가느냐 나가지 않느냐 하는 것은,

안으로 결단하는 의리를 홀로 본 것입니다.

그 어찌 다른 사람들이 더불어 알 수 있는 것이겠습니까?

선생의 재주와 덕으로써,

무슨 일인들 하지 못 하셨겠습니까?

그런데도 소매 속에 손을 넣고서,

끝내 어떤 일을 하는 것을 볼 수 없었으니,

어찌 세상 도리에 있어서 불행이 아니겠습니까?

선생의 풍골風骨은 엄숙하면서도 시원하였고,

기상氣像은 빼어나고 피어났습니다.

식견과 생각은 높고 원대했고,

일을 처리하는 국량局量은 크면서도 깊었습니다.

세상에서 깨끗한 채하는 사람들 보기를,

콧물이나 침 같이 여길 정도뿐이 아니었습니다.

곧고 반듯하고 강건하고 엄격하여,

굽히지도 꺾이지도 않았습니다.

선생의 기풍氣風을 들은 사람은,

그 더럽고 사악함을 가만히 녹여 없앨 수 있었습니다.

선생을 대해 본 사람은,

그 맑고 밝은 뜻을 떨쳐 일으킬 수 있었습니다.

그 기력氣力은 삼만 근 무게요,

그 빛은 만 길이나 솟았습니다.

풍속과 절개에 충분히 영향을 줄 수 있었고,

삼강오륜三綱五倫 붙들어 세울 수 있었습니다.

많은 선비들이 선생의 집 대문에 이르렀고,

원근에서 무리로 몰려왔습니다.

그 당시에 선생의 이름이 높았고,

사방에서 기대가 무거웠습니다.

선생께서 사람들 많이 보았기에,

안목도 높았습니다.

천하는 텅 빈 듯하고,

천고의 세월은 아득합니다.

홀로 선 경지에서 자유롭게 활보하셨고,

혼자 보는 경지에서 여유 있게 높이 올라가셨습니다.

그 당시 경서經書 공부하는 젊은 애들이,

남명南冥, 그 학덕學德을 그리며

의식儀式과 제도 등의 말단적인 것에 엎어져 장난 같이 공부

하고,

하늘이 명한 성리性理에 대해서 망녕되이 이야기하면서도,

물 뿌리고 비질하는 방법81)에는 캄캄한 것을 보셨는데,

자질구레하고 세세해서,

대가大家들에게는 논의할 것이 못 되었습니다.

도道에 뜻을 둔 선비나,

공부를 하고자 하는 학자의,

요량하여 나아가는 정성과,

알려고 하거나 표현하고자 하는 노력에 이르러서는,

선생께서 그만둘 수 없는 바가 있었습니다.

말씀하시어 경계하고 독려하시느라,

이런 저런 방법을 써서 정성을 다하셨습니다.

선생의 말씀은 격앙되어 있었고,

선생의 논변은 준렬峻烈하였습니다.

사물을 끌어와서 비유하시는데,

갈수록 다함이 없으셨습니다.

강이 굽이치듯 바다를 뒤집듯,

바람이 매서운 듯 우레가 사나운 듯하셨습니다.

측은하게 사람을 사랑하는 마음과,

---

81) 하늘이 … 방법 : 남명南冥이 당시 학문이 지나치게 공허한 경향으로 흐
르는 것을 경계하여, 실천을 위주로 하는 학문적 경향이 있음을 말한 구
절이다. 남명이 퇴계退溪 이황李滉에게 보내는 편지 가운데, "손으로는
물 뿌리고 비질하고 사람 맞이해서 상대하고 나아가고 물러나는 절차도
모르면서, 입으로는 천리天理를 논합니다"라는 구절이 있다.

간절하게 착한 것을 좋아하는 뜻이,

훤히 나타나,

손으로 움켜질 정도로 넘쳤습니다.

드러내어 가리지 않았고,

사람들에게 방어하는 경계를 치지 않았습니다.

빛나고 밝고 깔끔하여,

스스로 일가一家를 이루었습니다.

이런 것을 가지고서,

선생의 위대한 점을 볼 수는 없지만,

선생의 위대함이 아니라면,

어찌 능히 이렇게 크고 넓어 부족한 바가 없을 수 있겠습니까?

시문詩文, 병법兵法, 의서醫書, 지리지地理志에 대해서,

자세하게 두루 통하여 세상에 쓰일 때 응하려고 하지 않은 것
없었는데,

이런 것이 어찌 족히,

선생의 비중을 정함에 영향을 줄 수 있겠습니까?

그러나 세상에는 선생을 아는 사람이 이미 드뭅니다.

스스로 선생을 안다고 하는 사람들도,

"산림山林에 숨어사는 사람이지"라고 말할 따름입니다.

선생을 모르는 사람들은,

바로 헐뜯고 나무랍니다.

불손不遜한 말을 뒤집어씌우고서,

거리낌이 없습니다.

아아! 선생의,

남명南冥, 그 학덕學德을 그리며

뛰어난 견해와,

우뚝한 절조節操와,

신중한 학문과,

넓은 도량度量에 대해서,

저들이 어떻게 만에 하나라도 보고 헤아릴 수 있겠습니까?

선생의 넓은 덕德에 대해서,

저들이 어떻게 줄이고 더하고 하겠습니까?

아아! 생각해 보니 보잘것없는 저는,

열대여섯 살 때부터,

선생의 기풍氣風을 듣고서,

기뻐하며 흠모할 줄 알았습니다.

그러나 멍청하고 굼뜨고 가난하게 멀리서 살아,

스스로 문하에 이를 수가 없었습니다.

한갓 북두칠성처럼 우러르기만 했지,

봄바람 같은 따스한 곁에서 모시지 못한 지가,

거의 십년이 되어서야,

제자의 예를 차리는 폐백幣帛을 바치게 되었습니다.

병인丙寅(1566)년 봄부터,

다행히 선생께서 저를 더럽게 여겨 버리지 않으시고,

거두어서 세사의 대열에 두셨습니다.

그리고는 "가르칠 만하다"고 여기시어,

의리로 서로 상대하는 경지를 허락해 주셨습니다.

무릇 선생께서,

평생의 교유交遊나 경력經歷,

학행과 지절志節과,

고금의 어진이와 어리석은 사람,

다스려진 시대와 어지러운 시대,

잘 한 것과 잘못한 것,

세상의 도리,

시대의 변화,

간악한 것과 바른 것,

옳은 것과 그른 것,

벼슬에 나가는 것과 집에 있는 것,

말하는 것과 묵묵히 있는 것의 도리와,

나아가는 것과 물러나는 것,

도를 행하는 것과 물러나 숨는 것에 대한 의리,

등등에 대해서 한 가지라고 혹 숨기지 않고,

저에게 마음을 열어 가르쳐 주셨습니다.

여러 날 밤낮으로,

싫증을 내지 않으셨습니다.

몽매하고 분수 모르던 제가,

정의감을 느끼고서 분발하여,

게으르고 물정에 어두운 몸과 마음을,

스스로 세우게 되었으니, 어떠했겠습니까?

요즈음 서너 해 동안은,

상喪을 당하여 죄인이 되어 있고,

또 병이 따라 붙어 못 쓰게 된 사람이 되어,

엎어지고 넘어져 어려움을 당하게 되어,

남명南冥, **그 학덕**學德**을 그리며**

귀신과 이웃이 되었습니다.

그러나 선생께서는 하루도 잊은 적이 없었고,

서신을 보내어 은근히 안부를 물어,

자주 소식이 서로 이어졌습니다.

그래도 하루 아침에 갑자기 돌아가실까 두려워하여,

서신 가운데 이런 말씀이 있더군요.

"어떤 사람을 마주하여 말하다가 목이 메어 눈물을 흘렸네"

저도 매번 선생님의 서신을 받을 때마다,

일찍이 서쪽을 바라보며 눈물을 흘리면서,

저를 알아주시는 그 은혜에 감격하지 않은 적이 없었습니다.

작년 겨울에 또 선생의 서신을 얻었더니,

저의 병의 상황을 묻고,

또 가난하여 고생하는 상황을 위로해 주셨습니다.

또 이런 말씀도 있었습니다.

"봄 햇살 따스해지거든 말 타고 산속으로 찾아오게나"

그리고 나서 겨우 몇 달 되지도 않았는데,

선생께서 병으로 누우셨다는 소식 듣게 되었습니다.

달려와 살펴 보니,

선생의 병세는 비록 위독했지만,

정신은 맑고 밝았고,

논의는 우렁차고 또렷하여,

터럭만큼도 평소와 다를 바 없었습니다.

반 달을 머물며 모시다가 돌와왔는데,

'선생께서 점점 회복된다'는 연락 받았습니다.

제문祭文

"신명神明이 보살펴주시어,

걱정할 것 없게 되었도다"라고 생각했습니다.

그런데 누가 알았겠습니까?

푸르고 푸른 하늘은 믿음이 없다는 것과,

아련한 우주에 신神이 없어,

선생으로 하여금 이 지경에 이르게 할 줄을.

사라지고 생겨나는 것은 하나의 이치요,

죽고 사는 것도 하나의 이치입니다.

인생 백년에,

누군들 그렇게 되지 않겠습니까?

저 세상으로 온전하게 돌아가시는 선생의 마음에,

어찌 유감이 있을 수 있겠습니까?

마룻대가 이미 무너져 내렸으니,

저는 누구를 본받아야 합니까?

밝은 분이 이미 시들었으니,

다시는 모범으로 삼을 분이 없습니다.

저에게 있어서 슬프고 허무하고 아픈 마음은,

다시 극도에 이르렀습니다.

그러나 한 가지 말할 것이 있습니다.

선생은 이미 가셨지만,

선생의 마음만은,

분명하여 없어지지 않을 것입니다.

서 있으면 앞에 있는 듯,

수레를 타면 수레 멍에에 의지해 있는 듯[82],

남명南冥, 그 학덕學德을 그리며

국을 먹을 때는 국 그릇에 비치고,

담장을 바라보면 담장에 어른거려[83].

선생께서 저 주위에 다니시는 듯합니다.

바라건대 저의 정성을 살피시어,

저의 마음을 묵묵히 도와주시어,

남이 안 보는 숨겨지고 미미하고 그윽이 홀로 있는 곳에서도,

저가 속이지 못 하도록 해 주시옵소서.

아아! 선생께서 돌아가셨다는 것을 듣고서도,

바로 달려 오지 못하고 미적거렸습니다.

한번 통곡하는 것도,

오히려 몇 달 지난 뒤에 합니다.

흐릿하고 고달파 글이 되지 않고,

말로 저의 간절한 심정을 다하지 못합니다.

저의 평생을 생각하여 느끼니,

슬픔과 부끄러움이 한꺼번에 몰려옵니다.

한 잔 술을 받들어 영결하오니,

만고토록 잊지 못할 심정입니다.

---

82) 서 있으면 … 있는 듯 : 『논어論語』「위령공편衛靈公篇」에, "서 있으면 간절히 바라는 것이 앞에 참여하여 있는 듯하고, 수레를 타고 있으면 수레의 멍에에 의지해 있는 것처럼 보일 정도가 되어야 한다.[立則見其參於前也, 在輿則見其倚於衡也.]"라는 구절이 있다. '어떤 말이나 일을 간절히 생각하면 항상 눈앞에 보이게 된다'는 뜻이다.

83) 국을 … 어른거려 : 요堯임금이 돌아가시고 나서, 순舜임금이 요임금을 너무나 그리워하여, 국을 마시다가 국 그릇을 들여다 보면 국물 위에 요임금의 모습이 보이고, 고개를 들어 담장을 바라보면 담장 위에 요임금이 보였다고 한다.

아아! 슬픕니다.

흠향歆饗하시옵소서.

• 嗚呼先生 稟天地純剛之德 鍾河嶽淸淑之精 才高一世 氣蓋千古
智足以通天下之變 勇足以奪三軍之帥 有泰山壁立之像 有鳳凰高翔
之趣 璨璨如峯頭之玉 灝灝如水面之月 自我而觀之 宜其爲振東方未
有之人豪矣 先生早業文章 博通群書 爲文字未始爲世間尋常之語 奇
偉俊特 魁磊崛強 燦爛錦繡之華 炳烺龍虎之章 自可輝以映今古 竦
動百世 而謂吾人大業 初不在此 而有以妙契於古人出處之一言 則超
然自反於性分之內 奮然用力於爲己之事 隱居求志 閉戶積學 忠信以
爲本 敬義以爲主 佩四字之符 建百勿之旗 抽离宮太白之精 而取內
明外斷之義 幻天上雷龍之畫 而觀尸居淵默之象 克己之嚴 則廝殺九
竅之邪 而姦聲亂色 罔敢或干 保守之密 則閉塞三關之入 而閑思雜
念 罔敢或萌 肅然常若鬼神之參於前 生龍活虎長在沖漠之中 起居衣
帶之間 猶有喚醒主人翁常惺惺乎者 而凜凜之意 尤切於人所不見之
中 至於歲月之久 合畜之深 大本旣立 流轉日用之間 無非這簡動盪
之妙 後生小子 不敢以階梯分寸仰測其方體端倪 而猶不敢自謂已到
於活熟無言之境 則先生之於道義 亦可謂辛苦而後得之者矣 先生平
生未嘗一念不在於世道 至於蒼生愁苦之狀 軍國顚危之勢 未嘗不噓
唏掩抑 至或私自經畫處置於胸中 而以爲必先提掇於紀綱本源之地
則初非不屑夫天下之事者 懷德遯世 高潔自守 終世婆娑於窮山空谷
之中 而雲山是伴 松月是玩 湯聘雖勤於九重 囂囂不改於畎畝 有如
獨鶴高飛於冥冥之天 浩然自樂於江湖萬里之外 而終莫能馴 則先生
之於出處 其獨見內斷之義 夫豈他人所可與知者 而以先生之才之德
何事不可做了 而縮手袖間 終不見其有爲焉 則亦豈非世道之不幸哉

남명南冥, 그 학덕學德을 그리며

先生風骨蕭爽 神采秀發 識慮高遠 辦局宏深 視世之所屑者 不啻若
涕唾 直方剛嚴 不屈不撓 聞之者 有以潛消其鄙邪之心 對之者 有以
振發其淸明之志 千鈞氣力 萬丈光焰 足以聳動風節 扶樹綱常 多士
踵門 遠近彙征 名尊當代 望重四方 而先生閱人旣多 眼目亦高 四海
如空 千古渺然 恢恢乎闊步於獨立之境 悠悠乎高擧於獨觀之地 時見
經童學豎顚躓嬉戱於儀文度數之末 妄談天命之性 而昧夫灑掃之方
瑣瑣碌碌 終不足議爲於大方之家 而至於志道之士 願學之子 潔進之
誠 憤悱之功 有不能已焉 則論說警責 叩竭兩端 言論激昂 詞辯峻烈
引物譬喻 愈出無窮 如河轉海倒 風凜雷厲 而惻惻愛人之心 懇懇樂
善之意 洞然呈露 洋溢可掬 而表裏不掩 防畛不設 光明灑落 自成一
家 此雖不足以見先生之大 而非先生之大 則亦何能浩博如是而無所
不足哉 至於詩文兵法醫經地志 雖無不曲暢旁通 爲應世之用 而此豈
眞足以爲先生之輕重者哉 然世之知先生者旣鮮 其自謂知之者 不過
曰山林隱逸之流而已 而不知者 輒復訕訶 至有加以不遜之辭而無所
忌憚焉 噫 於先生卓卓之見 磊磊之節 欽欽之學 渾渾之量 彼烏可窺
測其萬一 而於先生曠然之德 亦何足爲加損哉 嗚呼 念我小生 蓋自
十五六歲時 始得聞先生之風而知欽慕之 而癡駿貧遠 無以自達於階
庭之下 徒塵星斗之仰 未侍春風之座者 殆將十年 束脩之將 曰自丙
寅之春 而幸先生之不鄙棄之 而收而置之弟子之列 而又復以爲可敎
而每許以義分相與之地 而凡先生平生交遊經歷 學行志槩 與夫古今
賢愚 治亂得失 世道時變 邪正是非 出處語默之道 進退行藏之義 無
一之或祕 而盡與之開誨 至於連日繼夜而不怠 於是愚昧狂妄之所以
慷慨興起 而自豎立其惰慢迂拙之身心者 爲如何哉 頃者數四年之間
方自墜在罪戾憂虞之中 而疾病又從而廢痼之 顚倒狼狽 與鬼爲隣 而
先生未嘗一日相忘 書問慇懃 鼎鼎相續 又恐其一朝溘然而或死也 至

有對人語及嗚咽涕洟之語 述亦每得先生書 未嘗不西望隕涕 以感其知己之恩也 去年冬 又得先生書 旣問疾病之況 又慰貧苦之狀 又有春日載陽 匹馬尋山之敎 而繼未數月 忽又聞先生之寢疾 馳往省之則先生病雖云劇 神宇淸朗 論辨雄確 了無一毫有異於平昔者 留侍半月而來 旣而 又聞先生漸向蘇境 謂神明扶持 可得無憂 孰謂蒼蒼之無信 莫莫之無神 而使先生乃至於斯邪 消息一理 死生一致 人生百年 誰得不然 則在先生全歸之心 奚足爲憾 而梁木旣壞 吾將安放 哲人其萎 無復儀刑 則在小子悲隕慘痛之心 又復可以紀極也哉 然有一說焉 先生則已矣 而先生之心 則炯炯不亡 參倚羹墻 洋洋左右 則請庶幾有鑑小子之誠 而默佑其衷 毋令有欺於隱微幽獨之中也 嗚呼 聞先生之喪 而病臥支離 未卽奔走 而遲遲一哭 尙在數月之後 昏懵不文 言又不足以盡其區區 感念平生 悲愧來幷 一觴奉訣 萬古心情 嗚呼哀哉

남명南冥, 그 학덕學德을 그리며

8. 또 … 문인 최영경崔永慶[84)]

아아! 슬픕니다.

선생께서 이런 지경에 이르셨다니.

바르고 밝고 실질에 힘쓰는 학문과,

고통을 보고 마음 아파하는 인仁함과,

강건하고 크고 높고 먼 재주를,

조금도 이 시대에 베풀지 못하시고,

후세에 조금도 전하지 못하시고,

뜻을 그대로 간직한 채 돌아가시어,

한갓 이 빈 산으로 하여금 이름나게 하여,

해와 달과 더불어 빛나게 하십니다.

아아! 하늘이 선생을 낳으신 것은,

과연 무엇을 위해서였습니까?

아아! 보잘것없는 저는,

다행히 선생의 만년에 절 올리게 되었습니다.

아득한 높은 산을 비록 우러러 볼 수 없었지만,

깔끔한 맑은 기풍氣風은 정말 마음으로 감복하였습니다.

저가 가까운 데 자리잡아 살면서[85)],

---

84) 최영경崔永慶(1529-1590) : 조선 중기의 선비. 호는 수우당守愚堂. 자는 효원
孝元. 남명의 문인으로 학행學行으로 천거되어 사축司畜을 지냈다. 기축
옥사己丑獄事 때 무고誣告를 당해 옥사獄死했다가 1591년 신원伸寃되었다.
그에 관한 기록을 모은 『수우당실기守愚堂實紀』가 남아 있다.
85) 가까운 데 자리잡아 살면서 : 수우당守愚堂 최영경崔永慶은 본래 서울 사
람인데, 남명南冥의 학덕을 흠모하여 진주晉州 선학산仙鶴山에 살 곳을 마

문하에서 시중들면서 도의에 조금이라도 훈도받을까 했습니다.
어찌 생각이나 했겠습니까? 하늘이 동정을 하지 않아,
갑자기 이런 극도의 지경에 이를 줄이야.
아아! 슬픕니다.
아아! 보잘것없는 저가,
문하에서 절하게 된 것이,
지금 비록 여러 해가 되었지만,
천리 밖에 살았고 병도 많았기에,
얼굴을 뵙고 자리에서 가르침을 받든 날이,
며칠이나 되었겠습니까?
게으르고 경건하지 않아,
선생의 안부를 묻는 것도,
많이 빠졌습니다.
지금 와서 옛날을 쫓아가 생각해 보니,
죽을 때까지도 남은 한이 있을 것 같습니다.
선생께서 편찮으셨을 때,
붙들어 일으키지 못했습니다.
숨을 거두었을 때는,
반함飯含에 참석도 못했습니다.
부고 듣고 달려오는 것도,
다른 사람처럼 바로 오지 못했습니다.
다른 날 저 세상에서,
무슨 낯으로 다시 선생 앞에서 뵈옵겠습니까?

련하여 이사하였다.

남명南冥, 그 **학덕**學德을 그리며

죽을 때까지 남은 한이 있을 것 같습니다.

아아! 눈에 비친 달빛 같은 선생의 빛나는 모습,

어느 날 다시 접할 수 있게 되겠습니까?

간단한 음식을 갖추어서,

저의 미미한 정성을 바칩니다.

거칠고 쇠약하여 글이 되지 않으나,

심정은 슬프고 답답합니다.

말에 두서가 없지만,

없어지지 않을 존귀한 영령英靈께서는,

이 마음을 반드시 살펴주시겠지요.

흠향歆饗하시옵소서.

· 嗚呼哀哉 先生而至於斯耶 明正務實之學 如傷痛瘰之仁 剛大趮遠
之才 無分寸施之於時 無分寸傳之於後 而齎志殉身以沒 空令此空山
名與日月昌焉 嗚呼 天之生先生也 果何爲耶 嗚呼 小子無狀 晚幸納
拜 漠漠高山 雖不敢仰止 洒洒淸風 實所心服 方將卜居近境 庶得執
箒門下 薰沐道義餘波 豈料昊天不弔 奄至斯極 嗚呼痛哉 嗚呼 小子
無狀 獲拜門下 今雖累年 千里多病 承顔承席 其日幾何 怠慢不虔 修
問起居 亦多闕焉 追惟至今 死有餘憾 病不得擧扶 歿不得飯含 奔赴
亦未得及人 他日地下 將何面目 更承前席 死有餘憾 嗚呼 雪月精華
更炙何日 聊備薄奠 用薦微誠 荒衰不文 情意悲迫 言無次叙 尊靈不
亡 必鑑此心 尙饗

9. 또 … 문인 하항河沆[86]

별이 흩어진 지 오백 년에[87],
쇠퇴해진 모습이 아득합니다.
세상은 긴긴 밤처럼 컴컴하였는데,
황량몽黃梁夢[88]에 취해 있었습니다.
이에 하늘이 마음으로 불쌍히 여겨,
우리 동쪽 먼 나라를 돌아보셨습니다.
조화롭게 정기精氣 모아,
이런 훌륭한 인물 낳으신 것입니다.
우뚝한 그 풍골風骨에,
그 울음소리 우렁찼습니다.
자라서는 공부를 좋아하여,
부지런히 싫증내지 않았습니다.
눈으로 보고 마음으로 이해하여,

---

86) 하항河沆(1538-1590) : 조선 중기의 선비. 자는 호원浩源, 호는 각재覺齋, 본
관은 진양晉陽, 진주晉州 수곡水谷에 살았다. 남명南冥의 제자로 덕천서원
德川書院 건립에 공이 많았다. 문집 『각재집覺齋集』이 있다.

87) 별이 흩어진 지 오백 년에 : 주자朱子가 세상을 떠난 이후로 유학이 쇠퇴
한 지가 대략 오백 년 가까이 되었다는 뜻이다.

88) 황량몽黃梁夢 : 노생盧生이란 선비가 길을 가다가 여관에 들어가 유숙하
였는데, 밥을 기다리면서 자신의 신세를 한탄하였더니, 어떤 노인이 베
개를 하나 주며 "베고 자 보라"고 했다. 얼마 뒤 잠이 들어 꿈을 꾸었는
데, 출세를 하여 정승이 되고 장수가 되었다. 놀라 깨어 보니, 자기가 시
켜 놓았던 누런 기장 밥이 아직 익지도 않았더라는 것이다. 인생은 일장
춘몽이고 덧없다는 뜻이다. 여기서는 '당시 세상 사람들은 유학이 쇠퇴
했는데도 걱정할 줄 모르고 허황한 생각만 하면서 살았다'는 뜻이다.

남명南冥, 그 학덕學德을 그리며

책을 망가뜨리지 않았습니다[89].

일찍부터 문학文學을 일삼아,

글 솜씨가 빛났습니다.

서울에서 문예文藝를 시험하니,

과거시험관이 눈을 닦고 보았습니다.

회시會試[90]에는 뜻을 굽히게 되었으니[91],

뱀을 그리는 데 발을 붙이는 격이었습니다[92].

고개를 들었다 숙였다 하면서 이런 생각을 하셨습니다.

"사람은 세 가지 요소[93]에 참여하였으니,

대장부가 해야 할 일은,

지나간 것을 이어 미래를 열어 주는 것[94]이다.

공명功名이나 부귀는,

단지 한 때 영광스러운 것이지."

선생은 문득 크게 깨닫고서,

---

89) 책을 망가뜨리지 않았습니다 : 남명이 공부하면서 빨리 이해하여 책을
여러 번 안 봐도 되었다는 말이다.

90) 회시會試 : 과거시험의 2차 시험. 1차 시험인 향시鄕試 합격자들이 서울에
모여서 보기 때문에 이렇게 부른다.

91) 뜻을 굽히게 되었으니 : '뜻대로 되지 않아 합격하지 못했다'는 뜻이다.

92) 뱀을 … 격이었습니다 : 뱀은 본래 발이 없는 동물인데, 뱀을 그리면서
발을 그려 넣는 것은 쓸데없는 짓을 한다는 뜻이다. 여기서는 남명南冥
같은 인물에게는 과거 합격여부가 남명의 위상을 결정하는 데 아무런
영향을 줄 수 있는 일이 아니라는 의미다.

93) 세 가지 요소 : 우주를 구성하는 하늘, 땅, 사람을 가리킨다.

94) 지나간 … 열어 주는 것 : 송宋나라 유학자 횡거橫渠 장재張載가 "천지를
위해서 마음을 세우고, 백성을 위해서 운명을 세우고, 지나간 성인을 위
해서 끊어진 학문을 잇고, 만세를 위해서 태평을 연다[爲天地立心, 爲生民
立命, 爲往聖継絶學, 爲萬世開太平.]"라는 말을 하였다.

이전에 하던 짓을 부끄러워하였습니다.

김해金海에 집95) 지었으니,

호수와 바다 가96)였습니다.

문을 닫고 글을 보았고,

소나무 심으니 그 껍질이 용비늘 같았습니다.

뇌룡사雷龍舍를 지었으니,

봉성鳳城97)의 이끼 낀 낚시터 위였습니다.

형은 우애 있고 아우98)는 공경하니,

꽃이 다닥다닥 피어 서로 비추는 것99) 같았습니다.

가정 잘 꾸려나가는 것도 정치라 할 수 있으니,

근본이 서야 도道가 생겨나는 법입니다.

군자의 큰 뜻으로는,

한 가지 착한 것으로 이름나는 것 부끄러워하셨습니다.

깊고 정미精微한 것을 끝까지 다 궁구하여,

원대한 길로 출발하셨습니다.

성인聖人의 시대는 멀고 성인의 말씀은 없어졌으니,

---

95) 김해金海에 집 : 김해金海 신어산神魚山에 산해정山海亭을 짓고, 독서하였다. 본문의 금관金官은 김해의 별칭이다.

96) 호수와 바다 가 : 김해金海 신어산神魚山에서 바라보면 남쪽은 남해 바다고, 동쪽은 낙동강洛東江이다.

97) 봉성鳳城 : 삼가三嘉의 별칭. 지금은 합천군陜川郡에 병합되어 있다.

98) 아우 : 남명에게 아우가 한 명 있었는데, 이름은 조환曹桓이다.

99) 꽃이 … 비추는 것 : 형제간에 정답게 사이가 좋은 것을 비유한 말이다. 『시경詩經』 소아小雅 「상체편常棣篇」에, "아가위 꽃송이 화사하구나! 모든 사람들 가운데 형제 만한 이 없지[常棣之華, 鄂不韡韡.]"라는 구절이 있는데, 형제간의 우애를 강조한 시다.

남명南冥, 그 학덕學德을 그리며

천년 동안 도道를 잃었습니다[100].

만권 서적 속에 담긴 말의 뜻은,

넓게 흩어져 있어 망망하였습니다.

고요히 앉아 정밀하게 궁구하여,

푹 잠겨들어 그 맛을 즐겼습니다.

하느님을 대하여서는,

엄숙하고 공손하고 경건하게 두려워했습니다.

노재魯齋[101]의 가르침[102]이 있었기에,

---

100) 천년 … 잃었습니다 : 공자孔子가 집대성한 유학의 도통道統이 증자曾子,
    자사子思를 거쳐 맹자孟子에 이르렀으나, 맹자가 죽자, 도통이 끊어져
    전해지지 못했다. 송宋나라에 와서 정자程子, 주자朱子가 다시 도통道統
    을 이었다.

101) 노재魯齋 : 원나라의 성리학자인 허형許衡. 노재는 그의 호이다. 자는 중
    평仲平. 정주학程朱學에 정통하였는데, 원나라 세조世祖가 불러 국자좨
    주國子祭酒에 임명하였다. 주자의 학문이 후세에 전승되는 데 결정적인
    공헌을 하였다. 시호諡號는 문정文正. 『노재유서魯齋遺書』, 『노재심법魯齋
    心法』 등의 저서가 있다.

102) 가르침 : 『성리대전性理大全』에, 노재魯齋 허형許衡의 이런 말이 실려 있
    다. "이윤이 뜻 둔 바에 뜻을 두고, 안자가 배운 바를 배운다. 세상에
    나가서는 하는 일이 있고, 물러나 있으면서는 지킴이 있어야 한다. 대
    장부라면 마땅히 이러해야 한다. 세상에 나가서 하는 일이 없고, 물러
    나 있으면서 지키는 것이 없다면, 뜻 둔 바와 배운 바로써 장차 무엇을
    하겠는가?[志伊尹之所志, 學顏子之所學. 出則有爲, 處則有守, 丈夫當如此. 出無所
    爲, 處無所守, 所志所學, 將何爲?]"동강東岡 김우옹金宇顒 지은 「남명행장南
    冥行狀」, 내암來庵 정인홍鄭仁弘이 지은 「남명행장南冥行狀」, 대곡大谷 성
    운成運이 지은 「남명묘갈명墓碣銘」 등에는, 남명이 노재魯齋 허형許衡이
    한 말을 읽은 것으로 되어 있다. 그러나 우암尤庵 송시열宋時烈이 지은
    『남명신도비명南冥神道碑銘』에서는 염계濂溪 주돈이周敦頤의 말이라 했
    다. 이 말의 근원은, 염계가 맨 먼저 한 것으로, 염계의 『통서通書』 제10
    장에 나온다. 그러나 염계가 한 말은, "이윤이 뜻 둔 바에 뜻을 두고,

문득 깨닫고 근원적인 것으로 들어가게 되었습니다.

모든 이치는 한 가지 길이기에,

많은 성인들이 다 같이 말미암았습니다.

분발하여 용감하게 나아가,

확고하게 힘써 행하셨습니다.

오직 하나 뿐인 마음을 잘 보존하여,

보내는 바도 맞이하는 바도 없었습니다[103].

자신의 사욕을 이기고 잘 지켜나가,

떳떳하게 부지런히 힘쓰셨습니다.

나라의 군대에서 장수를 빼앗을 수 있고 절벽처럼 우뚝하고,

태산泰山처럼 높이 솟았습니다.

이 마음의 한 가지 기미幾微에서,

착함도 되고 악함도 될 수 있습니다.

무섭게 성찰하고 경계하고 삼가는 것이,

모두 이런 데서 생각하고 입각해서 처신하셨습니다.

의義로써 바탕으로 삼아서,

지극한 데 머무를 줄 알았습니다.

안자가 배운 바를 배운다[志伊尹之所志, 學顔子之所學]"란 두 구절뿐이다. 그 뒤에 붙어 있는 말은 노재의 말이다. 염계의 말과 노재의 말은 모두 다 『성리대전』에 실려 있다. 그러나 남명은 노재魯齋가 덧붙인 말에 더 영향을 받아 자신의 출처出處의 대절大節의 근원으로 삼았다고 볼 수 있으므로, 노재의 말이라 해서 틀린 것은 아니다.

103) 보내는 … 없었습니다 : 『장자莊子』「지북유편知北遊篇」에 이런 내용이 있다. 안회顔回가 노니는 것에 대해서 묻자, 공자孔子는, "오직 마음 아픈 바가 없는 것은, 능히 사람들과 서로 보내고 맞이하는 것이다.[无所傷者, 爲能与人相將迎.]"라고 했다.

남명南冥, 그 **학덕**學德을 그리며

경敬으로써 마음을 곧게 하여,

하늘과 한 무리가 되었습니다.

자기를 유지하는 것은 진실하였고,

다른 사람으로부터 받아들일 때는 마음 비웠습니다.

이미 글을 널리 배워,

자기 몸에 돌이켜서 요약하는 데로 나아갔습니다.

참되게 쌓고 힘쓰기를 오래 하여,

좋은 효과가 밖으로 나타났습니다.

그 뜻은 연못 물이 깊은 듯하였고,

그 용모는 호쾌豪快하고 고상했습니다.

온갖 변화에도 잘 대응하니,

마음에 경륜經綸을 간직하고서 짐작하셨습니다.

화和, 항恒, 직直, 방方104)하여,

그 위에서 공功을 거두었습니다.

깨어 있는 주인인 선생은,

쇠방울 소리로 정신을 불러일으키셨습니다.

살아 있는 용을 벌써 잡았고105),

마음의 말106)은 놀라지 않았습니다.

---

104) 화和, 항恒, 직直, 방方 : 「신명사명神明舍銘」의 주석에 의하면, '화和'는
바깥 사물과 접하여 절도에 맞는 것, '항恒'은 항구적인 것, '직直'은
혼자 있을 때를 삼가는 것, 방方은 내 마음의 법도로 남을 헤아리는
것이다.

105) 살아 있는 용을 벌써 잡았고 : 남명南冥의 「혁대명革帶銘」에, "살아 있는
용을 묶어서, 큰 기운 속에 감추어라.[縛生龍, 藏漠沖.]"이란 구절이 있다.
'자유분방한 행동을 단속하여 근본으로 돌아간다'는 의미이다.

106) 마음의 말 : 사람의 마음을 통제하기 어려운 것을 말[馬]에 비유하였다.

고요하고 텅 비고 느껴 통하여,

먹줄처럼 곧았고 수평기처럼 공평했습니다.

일을 만나면 민첩하게 처리했으니,

높고 원대한 식견이었습니다.

말을 힘껏 다듬어 정성을 세웠고[107],

다른 사람의 작은 착함도 받아들였습니다.

천고千古의 오랜 일들을 논의했고,

매양 새로운 뜻을 내놓았습니다.

지금 세상을 시원하게 논의하여,

사람으로 하여금 일어나게 했습니다.

진실로 저의 스승이시니,

자신을 이루고 사물을 이루었습니다.

사림士林의 모범이시고,

국가의 기맥氣脈이십니다.

선생의 풍모風貌를 듣고서도 감동하고,

덕德을 보면 마음으로 감복하게 됩니다.

난초처럼 향기 멀리 퍼져나가니,

임금님의 부르는 글이 날아왔습니다.

피를 짜내고 마음을 쏟아,

대궐을 바라보았습니다.

벼슬에 나아가기 어려운 것이 있었나니,

어찌 고상하다[108]고만 말하겠습니까?

---

107) 말을 세웠습니다 : 『주역周易』 「문언전文言傳」에, "말을 다듬어서 그 정
　　성을 세운다.[修辭, 立其誠.]"이란 말이 있다.

남명南冥, 그 **학덕**學德을 그리며

걱정이 없는 것109)이 아니었으면서

산림山林에서 살면서 자신을 수양했습니다.

산천재山天齋가 있어,

그 덕德을 쌓았습니다110).

경敬과 의義 두 글자는,

처음이면서 마지막이 되었습니다.

깊이 나아가고 멀리 나아가,

깊은 것도 통달하지 않은 것이 없었습니다.

아름다운 산과 좋은 물은,

훌륭한 분이 느긋하게 사는 곳이었습니다.

숙손叔孫111)이 비록 많다고는 하나,

어찌 선생의 기쁨을 빼앗아 가겠습니까?

아아! 슬픕니다.

---

108) 어찌 고상하다 : 『주역周易』 「고괘蠱卦」 상구효사上九爻辭에 "임금을 섬
기지 않고, 자신이 하는 일을 고상하게 유지한다.[不事王侯, 高尙其事.]"
라는 말이 있다. 은자가 자기를 고상하게 유지하기 위하여 벼슬하러
나오지 않는 것을 의미한다.

109) 걱정이 없는 것 : 『주역周易』 「건괘乾卦」에 "세상에서 숨어 살며 걱정이
없고, 옳게 여겨지지 않아도 고민이 없다.[遯世無悶, 不見是而無悶.]"라는
구절이 있다.

110) 덕德을 쌓았습니다 : '산천山天'이란 『주역周易』 「대축괘大畜卦」를 상징
한다. 「대축괘」 상사象辭에, "군자가 그것으로써 앞시대의 언행을 많이
알아서 그 덕을 쌓는다.[君子以多識前言往行, 以畜其德.]"라는 구절이 있다.

111) 숙손叔孫 : 춘추시대春秋時代 노魯나라의 대부인 숙손무숙叔孫武叔. 공자
孔子의 학덕學德을 몰라보고, 공자 제자인 자공子貢의 학문이 공자보다
낫다고 말했다. 여기서는 '남명南冥을 몰라보고 멋대로 말하는 사람'들
을 가리킨다.

'어진 사람은 장수한다[112])'고,

옛날에 그 말을 들었는데,

지금은 어째서 그렇지 않습니까?

하늘의 뜻은 막막하기만 합니다.

상고대의 조짐[113])이 있으니,

우리 백성들이 복이 없는 것[114])입니다.

이 분이 병이 들었으니,

유학이 장차 망하려고 합니다.

약이 매우 많았지만,

조금도 차도가 없었습니다.

공청空靑[115])이 효과가 없고,

화타華陀[116])도 의술을 다했습니다.

돌아가실 때에 임해서도 가르침 펼치시기에,

---

112) 어진 사람은 장수한다 : 『논어』「옹야편雍也篇」에, "지혜로운 사람은 즐 겁고, 어진 사람은 장수한다.[知者樂, 仁者壽.]"라는 구절이 있다.

113) 상고대 : 나뭇가지에 눈이나 빗방울이 얼어붙어 마치 곡식 이삭처럼 된 것. 상고대가 생기면 어진이에게 재앙이 있을 징조라는 전설이 있다. 송宋나라 왕안석王安石의 「한위공만사韓魏公挽詞」에, "나무에 상고대가 생기면 현달한 고관이 두려워한다는 것을 들었고, 산이 무너져 어진 이 시드는 것 지금 보았네.[木稼曾聞達官怕, 山頹今見哲人萎]"라는 구절이 있다.

114) 백성들이 복이 없는 것 : 남명南冥이 때를 만나 세상에 나와서 경륜을 펼쳐 백성들이 그 혜택을 받아야 하는데, 그렇게 되지 못하여 백성들이 고통을 받는다는 뜻이다.

115) 공청空靑 : 약초 이름. 간의 기운을 돕는다.

116) 화타華陀 : 후한後漢 말기의 명의. 조조曹操가 자기 병의 치료를 빨리 해 주지 않는다 하여 살해했는데, 나중에 자기 아들 조충曹沖이 병이 났을 때, 화타를 죽인 것을 크게 후회했다 한다.

남명南冥, 그 학덕學德을 그리며

저는 경건한 마음을 갖고 들어갔습니다.

마음과 기운은 여전히 강건했기에,

다시 회복되기를 바랐습니다.

어찌 생각이나 했겠습니까? 이런 가르침과,

저의 생애에 영원히 하직할 줄을.

소리 놓아 우니 목이 메이고,

눈물이 줄줄 흘러내립니다.

아아! 슬픕니다.

보잘것없는 저는 누구를 의지해야 하겠습니까?

유학은 누구에게 맡겨야 되겠습니까?

임금님께서 들으시고 매우 슬퍼하시어,

치제致祭하시고 관작을 내리셨습니다.

살아서는 순리대로 사셨고 돌아가셔서는 영광스러우니,

스스로 뜻을 얻은 것이 많았습니다.

눈 멀고 귀 먹은 저를 돌아보니,

본받을 만한 것이 무엇 있겠습니까?

보잘것없는 저는,

스무 살 전후해서 외람되게 절을 드렸습니다.

저를 돌아보아도 텅텅 비었으니,

한편으로는 두렵고 한편으로는 부끄러웠습니다.

저가 태도를 바꿀까 지레 짐작하시지 않고,

깨우치고 가르치기를 지극히 정성스럽게 하셨습니다.

일에서 비유를 취하시어,

저가 의리를 이해하기를 바랐습니다.

제문祭文

엄격하고 굳세고 확고하고 진실하여,

저에게 그런 경지에 이르러야 한다고 말씀하셨습니다.

타고난 자질이 흐릿하고 어두워,

밝은 가르침을 아직 실행하지 못하고 있습니다.

돌아보건대 저는 민첩하지 못하였지만,

우리 선생은 숨기지를 않았습니다.

육년 동안 상중喪中에 있는데,

또 선생의 서거를 만났습니다.

입신양명立身揚名도 이미 못했고,

학업도 아직 마치지 못했습니다.

아아! 어디로 돌아가야 하겠습니까?

누가 저의 생각을 알겠습니까?

닭을 삶고 술을 솜에 적셔 왔으니[117],

이미 서치徐穉[118] 뒤를 이은 것입니다.

선생의 무덤 곁으로 돌아가 움막 짓지 못하니,

실로 자공子貢[119]에게 부끄럽습니다.

---

117) 닭을 … 적셔 왔으니 : 후한後漢 서지徐穉가 늘 집에서 미리 닭 한 마리를 삶고, 솜 한 량으로 술을 적셔 햇볕에 말려서 닭을 싸 두었다. 장례를 만나면, 바로 무덤 앞으로 가지고 가서 물로 솜을 적셔 술 기운이 있게 했다.

118) 서치徐穉 : 후한後漢 말기의 인물. 자는 유자孺子. 은거하며 벼슬하지 않았다.

119) 자공子貢 : 춘추시대春秋時代 공자孔子의 제자. 성은 단목端木, 이름은 사賜, 자공은 그의 자. 자공은 공자가 돌아가시자, 다른 제자들과 함께 묘소에 움막을 짓고 삼년상三年喪을 치렀다. 삼년상을 마치고 나서 다른 제자들은 다 돌아갔는데, 자공만 혼자 남아 다시 삼 년 동안 공자의 묘소를 지켰다.

남명南冥, 그 학덕學德을 그리며

변변찮은 음식을 대충 갖추었으니,

어찌 제사 음식이라 하겠습니까?

단지 저의 속 마음을 굽어 살피시고,

한번 흠향歆饗해 주시옵소서.

세 번 술잔을 따라 올리며 길이 하직하오니,

창자가 끊어지고 가슴이 무너져내립니다.

아아! 슬픕니다.

흠향歆饗하시옵소서.

• 星散五百 墜緖茫茫 長夜沈沈 夢酣黃粱 爰盡帝衷 眷于東荒 儲精
渾淪 篤生寧香 嶷嶷風骨 其泣喤喤 到長好學 孜孜不倦 目擊心解 不
破黃卷 早業文章 炳炳筆力 戰藝京師 有司刮目 遂屈會試 畫蛇着足
俛仰長思 人參三才 丈夫事業 繼往開來 功名富貴 只榮一時 忽然大
悟 羞前之爲 築室金官 湖海之濱 閉戶看書 種竹龍鱗 作舍雷龍 鳳城
苔磯 兄友弟恭 花萼相輝 是亦爲政 本立道生 君子大志 一善羞名 窮
深極微 發軔遠程 聖遠言湮 道喪千年 萬卷辭義 浩漫茫然 靜坐精究
沈潛玩味 對越上帝 嚴恭寅畏 魯齋有訓 頓覺入頭 萬理一途 千聖共
由 奮然勇往 確乎力行 存存惟一 無有將迎 克我持守 庸庸勿勿 三軍
堅壁 太山屹立 惟此一幾 之善之惡 猛省戒愼 念玆在玆 義以爲質 知
至止之 敬以直內 與天爲徒 持己者實 受人者虛 旣博以文 反躬造約
眞積力久 英華外發 淵冲其志 豪邁其容 萬變酬酢 包羅心胸 和恒直
方 那上收功 惺惺主人 喚起金鈴 生龍旣捕 意馬不驚 寂虛感通 繩直
準平 遇事敏決 高識遠見 修辭立誠 取人片善 尙論千古 每出新意 快
議當今 使人興起 允矣吾師 成己成物 士林典模 國家氣脈 感動聞風
覿德心服 蘭香遠飄 鶴書飛來 瀝血瀉心 瞻望三台 難進者在 豈曰高

尙 不是無閔 林居自養 山天有齋 以蓄其德 敬義二字 成始成終 深造
遠詣 無幽不通 佳山勝水 碩人之寬 叔孫雖多 奚奪我歡 嗚呼哀哉 仁
者有壽 古聞其說 今胡不然 天意漠漠 木稼有兆 斯民無祿 斯人斯疾
斯文將喪 藥物甚多 不差銖兩 空青罔效 華佗窮術 臨化開教 指敬以
入 心氣猶剛 庶望蘇復 何意斯敎 永訣終天 失聲塡咽 淚落漣漣 嗚呼
哀哉 小子疇依 斯文何托 天聽悲慟 賜祭賜爵 生順死榮 自得則多 顧
余盲聾 何所取柯 沆也無狀 弱冠忝拜 環顧空空 一懼一愧 不逆革面
警敎諄至 卽事取譬 冀我曉義 嚴毅確實 謂我勉致 受質昏冥 未邁昭
訓 顧余不敏 我師無隱 六載草土 又遭不諱 立揚旣不 卒業又未 嗚呼
曷歸 孰知予思 炙鷄漬絮 旣後徐稺 未能反策 實愧子貢 草具薄饌 豈
云祭供 只鑑衷曲 庶幾一歆 三酌長辭 腸絶摧心 嗚呼哀哉 尙饗

남명南冥, 그 학덕學德을 그리며

10. 또 … 관찰사觀察使 임열任說[120]

생각건대, 영령英靈께서는,

세상에 드문 모범이시고,

보통 사람들보다 뛰어난 식견 가지셨습니다.

사람들이 어지러이 싸울 때,

선생께서는 거두어 안자顔子처럼 극기복례克己復禮하셨습니다.[121]

맑은 말씀으로 세상을 격려하셨고,

강직한 상소는 임금님을 움직였습니다.

만년에는 임금님의 부르는 명령 삼가 받들어,

가는 털자리[122]에서 임금님 만나뵈었습니다.

사림士林에서 다행으로 여긴 바였고,

나라로 볼 적에도 영광이었습니다.

일찍이 조금도 머무르지 않고,

망아지가 밭 곡식 싹 뜯어 먹는 것[123] 함께 탄식했습니다.

---

120) 임열任說(1510-1591) : 조선 중기의 문신. 자는 군우君遇, 호는 죽애竹崖, 본관은 풍천豊川. 시호는 문정文靖. 문과에 급제하여 벼슬이 공조판서工曹判書에 이르렀다. 경상도관찰사慶尙道觀察使를 지낸 적이 있다. 문장을 잘하였다.

121) 안자顔子처럼 극기복례克己復禮했습니다 : 공자孔子 제자 안연顔淵이 인仁에 대해서 묻자, 공자께서 "자신의 사욕을 이겨 예禮로 돌아가는 것이다"라고 했다. 안연이 그 말에 따라 처신하겠다고 했다.

122) 가는 털자리 : 가는 짐승의 털로 짠 담요자리. 흔히 국왕이 앉는 편안하고 따뜻한 자리를 가리킨다.

123) 밭의 … 먹는 것 : '임금이 어진이를 머물러 두고 싶어한다'는 의미다. 『시경詩經』 소아小雅 「백구편白駒篇」에, "새하얀 흰 망아지, 우리 밭 곡

두류산頭流山 : 智異山 아래,

양당수兩堂水[124) 냇가에서,

날마다 책을 마주하였는데,

겨우 무릎 들여놓을 오두막 집.

외로운 충성 지키며 밥 한 그릇 겨우 먹는 생활 속에,

짧은 노래 긴 노래 불렀습니다.

원헌原憲[125)보다 더 가난했고,

교화敎化는 백옥伯玉[126)과 가지런했습니다.

비록 높은 벼슬이 올지라도,

즐기던 바를 변치 않았습니다.

영명英明한 기풍氣風과 고상한 법도는,

게으른 사람을 분발시키고 야박한 사람 두텁게 했습니다.

돌아보건대 저 같은 미미한 보잘것없는 사람이,

뛰어나신 모습 오래전부터 흠앙欽仰해 왔습니다.

임금님의 부절符節을 받들어 순시하다가[127),

식 싹 뜯어먹네. 매어 붙들어 오늘 아침만이라도 있게 하고저![皎皎白駒,
食我場苗. 縶之維之, 以永今朝.]"라는 구절이 있다. 망아지는 어진이가 타고
온 말이다.

124) 양당수兩堂水 : 지리산智異山 동쪽 덕산德山에서 중산리中山里 계곡과 대
원사大源寺 계곡에서 합류하는 강물. 곧 덕천강德川江의 상류다. 덕천강
이 경호강鏡湖江과 합류하여 남강이 된다. '양단수兩端水', 혹은 '양단수
兩端水'라고 표기하기도 한다.

125) 원헌原憲 : 춘추시대春秋時代 노魯나라 사람. 공자의 제자. 자는 자사子思.
가난하기로 유명하다. 띠풀로 인 오두막에서 안빈낙도安貧樂道하며 지
냈다.

126) 백옥伯玉 : 춘추시대春秋時代 위衛나라 대부大夫. 공자孔子가 그의 사람됨
을 칭찬했다.

남명南冥, 그 **학덕**學德을 그리며

우연히 영남嶺南에 이르렀습니다.

저가 한번 찾아가 절 올리고서,

아름다운 말씀 들을까[128) 생각했는데,

하늘이 동정하지 않아 돌아가실 줄 어찌 생각이나 했겠습니까?

홍수가 흘러 나무가 뽑힌 것입니다.

하늘로 올라가시어 별이 되실 것[129)이니,

공公께서는 스스로 즐거우시겠습니다.

뒤쫓아가려 해도 따라가지 못하니,

이 마음 어디에 맡기겠습니까?

제전祭奠을 드리려니 슬픔이 깊은데,

맑은 술을 드시기를 바랍니다.

흠향歆饗하시옵소서.

• 惟靈 希世之標 邁倫之識 人戰紛華 我收顔克 淸言激俗 直疏動天 晚祗宣召 答揚細氈 士林所幸 在國爲光 曾不小留 共歎食場 頭流山下 兩堂之川 日對黃卷 容膝數椽 一飯孤忠 短歌長篇 貧於原憲 化竝伯玉 縱來朱紱 不改所樂 英風雅範 起懶敦薄 顧余微末 宿仰超卓 奉節而巡 偶玆嶺表 擬獲瞻拜 以紓天紹 詎意不吊 洪流木拔 上爲列星 公自快活 攀追未及 此懷何托 慟深有奠 冀歆洞酌 尙饗

---

11. 또 … 함양군수咸陽郡守 이장영李長榮[130]

선생은 우뚝한 그 태도에,

뛰어난 식견이었습니다.

도道는 쇠퇴한 실마리를 찾았고,

덕德은 각박한 풍속을 훈도訓導하셨습니다.

살찐 꿩고기를 먹지 않고[131],

초야에서 느긋하게 지내셨습니다.

안으로 대단하니 밖으로 펼쳐졌는데,

구름이 솟아오르듯 봉새가 날아오르듯[132].

은거한다고 완전히 세상을 떠난 것은 아니었고,

시대를 걱정하여 항의하는 상소 올리셨습니다.

여러 임금님들께서 존경하는 태도로 기다리며,

어진이를 초빙하는 수레에 타기를 권유하셨습니다.

쓸 모 있는 인물을 어찌 버려두겠습니까?

그러나 그윽하게 곧게 살기로 작정하셨습니다.

선생님 찾아가 가르침 듣고 물러나 엄숙하게 섰는데,

각자 자기 그릇대로 배우고서 자신을 충족시켰습니다.

---

130) 이장영李長榮(1521-1589) : 조선 중기의 문신. 자는 수경壽卿, 호는 죽곡竹谷, 본관은 함평咸平. 문과에 급제하여 벼슬이 부사府使에 이르렀다.

131) 기름진 … 먹지 않고 : 『주역周易』「정괘鼎卦」에, "기름진 꿩 고기를 먹지 않는다.[雉膏不食.]"라는 구절이 있는데, '명리名利를 탐내지 않는다'는 뜻이다.

132) 봉새가 날아오르듯 : 원문의 '건驀'자는 '건騫'자의 오자이다. 진晉나라 장형張衡의 「서경부西京賦」에, "봉황새가 용마루에 날아오르네.[鳳騫翥於甍標.]"라는 구절이 있다.

남명南冥, 그 **학덕**學德을 그리며

세상에 대해서 분개하는 말씀 많이 하셨는데,

칼날이 시퍼런 것 같았습니다.

어떤 놈의 병마病魔가,

현철賢哲한 분을 시들게 하였습니까?

하늘은 어찌하여,

소미성少微星의 빛을 감추며,

땅은 어찌하여 요사妖邪스러움 드러내어,

나무 상고대를 바삐 맺히게 하는 것입니까?

돌아보건대 재주가 없고 못난 저는,

높은 산처럼 선생을 우러러보았습니다.

자주 가르침을 받들었기에,

말씀 소리가 귀에 남아 있습니다.

선생님 돌아가시어 끝났나니

우리 유도儒道는 누구를 의지해야 합니까?

바람 받으며 길이 슬퍼하는 것은,

저 개인 때문만은 아니랍니다.

흠향歆饗하시옵소서.

▪卓乎其姿 超然其識 道尋墜緖 德薰漓俗 雄膏不食 賁乎丘園 中外
肆 雲蠹鵬騫 隱非長徃 憂時抗疏 累朝側席 勉乘蒲車 靈龜曷舍 幽貞
永卜 望門負墻 飮河充腹 憤世談務 劍鋒差差 何物二竪 俾哲人萎 天
之何爲 秘小微光 地胡呈妖 木穗斯忙 顧余薄劣 高山是仰 亟承緖論
耳存遺響 已乎觀化 吾道疇依 臨風長慟 非但爲私 尙饗

12. 또 … 문인 이로李魯[133)]

하늘은 보물을 아끼지 않고,

땅은 보배를 아까워하지 않습니다.

영기英氣 서리고 순수함 모아서,

천년의 운수에 응하였습니다.

으뜸 되는 어진이 낳았으니,

선생께서는 세상의 법도가 되셨습니다.

쇠처럼 굳세고 옥처럼 윤택하셨고[134)],

덕스러운 모습은 천부적으로 이루어졌습니다.

일찍부터 참된 핵심으로 파고들어가,

도道의 심오함과 절묘하게 들어맞았습니다.

정밀하게 생각하고 힘써 노력하였으니,

실제적인 학문이고 실제적인 처신이었습니다.

미묘한 마음의 근원을 캐어서,

이치를 정밀하게 분석하셨습니다.

용문龍門[135)]의 운치를 물려받았고,

얼음 담은 옥 병[136)]에 근원을 두셨습니다.

---

133) 이로李魯(1544-1598) : 조선 중기의 문신, 의병장. 자는 여유汝唯, 호는 송
    암松巖, 본관은 고성固城, 의령宜寧에서 살았다. 남명南冥의 문인. 문과에
    급제하여 정언正言을 지냈다. 나중에 이조판서에 추증되고, 낙천서원洛
    川書院에 향사되어 있다. 저서로 문집『송암집松巖集』과『용사일기龍蛇日
    記』가 남아 있다.

134) 윤택하셨습니다 : 원문의 '윤閏'자는 '윤潤'자의 잘못이다.

135) 용문龍門 : 하남성河南省 낙양洛陽 남쪽에 있는 산 이름. 그 아래로 흐르
    는 강이 이천伊川이다. 정자程子 형제와 소강절邵康節이 거기서 살았다.

남명南冥, 그 학덕學德을 그리며

경敬과 의義를 간직하여,

지극한 정성과 밝은 덕은 깔끔하였습니다.

조화하고 항구적이고 곧고 반듯하고,

엄정하고 의연하고 강직하고 곧았습니다.

수양한 것이 깊고 쌓은 것이 두터워,

정신이 안으로 풍성했습니다.

그 몸에 나타나니,

행동하는 것이 하늘의 도리에 부합했습니다.

부지런히 노력하여 훌륭한 인물 되니,

그 덕德이 바로 적절했습니다[137].

온갖 변화에 잘 적응하니,

하늘의 뜬 구름처럼 자유로왔습니다.

산림山林에서 느긋하게 지내며,

경륜經綸을 쓸 곳 얻지 못하셨습니다.

그 끝까지 미루어 올라가면,

삼대三代[138]도 만들어낼 수 있었습니다.

선생께서 큰 인물이라 받아들여지지 못한 것이지,

어찌 때를 만나지 못한 것이겠습니까?

스스로 느낀 책임감이 무거웠는데,

어찌 숨어서 벼슬하지 않으려 하셨겠습니까?

---

136) 얼음 담은 옥 병 : 깨끗한 인격이나 지조를 비유한 말.

137) 그 덕德이 바로 적절했습니다 :『주역周易』「건괘乾卦」에, "용의 덕이 바로 적절하다.[龍德而正中也.]"라는 구절이 있다.

138) 삼대三代 : 중국 고대 하夏나라, 은殷나라, 주周나라를 가리킨다. 후세의 유학자들이 가장 이상적인 시대로 쳤다.

답답해하지 않고 느긋하게 숨어서 지내셨으니,

즐거움은 그런 가운데 있었습니다.

임금님과 백성에 대한 한결같은 관심은,

일찍이 잊은 적이 없을 따름입니다.

온 세상이 모두 눈이 멀었는데,

누가 선생이 귀중하다는 것을 알겠습니까?

선생을 경멸하는 숙손叔孫 같은 자 어찌 그리 많았는지?

광匡 지방 사람들139)을 두려워할 만합니다.

선생의 몸이 이 세상을 떠나셨나니,

하늘이 하는 일인데 어떻게 할 수 있겠습니까?

선생을 아끼지도 아깝게 여기지도 않으니,

하늘의 뜻은 무엇인지요?

당당한 그 명성과 교화教化는,

만고의 세월도록 없어지지 않을 것입니다.

밝게 나타나느냐 어둡게 묻히느냐 하는 것이,

시대 때문이었는지 운명 때문이었는지?

아아! 슬픕니다.

하늘과 땅이 참된 인물 거두어갔고,

해, 달, 별이 빛을 감추었습니다.

방장산方丈山(智異山)은 천추에 그대로인데,

---

139) 광匡 지방 사람들 : 공자孔子가 송宋나라 광 지방을 지나가는데, 그 지방
사람들이 공자를 해치려고 하여 포위한 적이 있었다. 그 이유는, 광 지
방 사람들에게 포학하게 군 노魯나라 대부 양호陽虎와 공자가 용모가
비슷했기 때문에 광 지방 사람들이 공자를 양호인 줄 착각을 했던 때
문이었다.

남명南冥, 그 학덕學德을 그리며

하늘만 오직 푸르고 푸릅니다.

성인聖人의 글은 아련한데,

막막하게 어디로 돌아가는지요?

쓸쓸한 선비들은,

외롭게 누구를 의지해야 하겠습니까?

저는 정말 사람 같잖았지만,

스무 살 쯤에 문하로 달려갔습니다.

요량 없고 굼뜬 저를 동정하시어,

더럽다 여기지 않고 이끌어 깨우쳐주셨습니다.

가르쳐 사람 만들기를 정성스럽게 시원하게 해 주셨는데,

봄날이 무르녹는 듯한 옥 같이 귀한 말씀이었습니다.

가르침을 받들어 나아가기에는 힘이 부족했지만,

선생의 덕德을 우러르는 정성은 깊었습니다.

처음부터 끝까지 선생을 모시고서,

가르침 받아 영향 크게 입으려고 마음 먹었는데,

지금 문득 마룻대가 부러질 줄을,

어찌 생각이나 했겠습니까?

그 풍모風貌를 영원히 흠모하고,

한 평생 슬픔을 머금게 되겠습니다.

누가 저의 슬픔을 알겠습니까?

오장五臟이 타는 듯합니다.

미미한 저의 정성이 무슨 도움이 되겠습니까?

한 잔 술을 받들어 올립니다.

푸른 산 속에서 한번 통곡하니,

제문祭文

우주는 아득합니다.

아아! 슬픕니다. 흠향歆饗하시옵소서.

▪天不愛寶 地不惜珍 凝英鍾粹 應期千春 是誕元哲 爲世作程 金堅
玉潤 德宇天成 早透眞關 妙契道奧 精思刻厲 實學實蹈 原心眇忽 析
理錙銖 韻餘龍門 源的水壺 操存敬義 洒落誠明 和恒直方 嚴毅剛貞
養深積厚 神光內腴 而形而著 動與天符 亹亹龍成 其德正中 酬酢萬
變 浮雲太空 婆娑林壑 袖手經綸 推其末緒 五代可甄 大而難容 何時
之否 自任者重 寧隱不仕 肥遯無悶 樂則在是 君民一念 未嘗忘爾 擧
世齊瞽 誰識其貴 叔孫何多 匡人可畏 殉身以沒 天也奈何 不愛不惜
天意其那 堂堂名敎 萬古不磨 其明其晦 時耶命耶 嗚呼哀哉 兩儀收
眞 三精閟光 方丈千秋 空獨蒼蒼 悠悠聖文 漠漠何歸 涼涼士子 煢煢
誰依 魯實無類 弱冠趨屏 謂憐迂戇 不鄙提醒 誨礪諄奰 春融玉屑 力
微承造 誠深仰德 庶幾終始 雷化風雷 何意於今 樑陰忽摧 永慕儀刑
懷慟終天 孰知我悲 五內如煎 微誠何賴 奉奠一觴 一哭靑山 宇宙茫
茫 嗚呼哀哉 尙饗

남명南冥, 그 **학덕**學德을 그리며

13. 또 ··· 배신裵紳[140]

선생께서는,

마음을 곧게 가져 깨어 계셨으니,

하늘이 부여한 밝은 덕德을 돌아보셨습니다.

바깥 통제하기를 반듯하게 하여,

옳은 일을 모아[141] 자신의 하는 일을 보셨습니다[142].

호연지기浩然之氣가 빛나고 크게,

정말로 이루어진 것입니다.

산천山天이라는 집 이름 걸었으니,

돈옹遯翁[143]의 심사와 한가지였습니다.

그 뜻 확고하여 뽑히지 않으니,

그 뜻은 잠겨 있는 용[144]과 같았습니다.

---

140) 배신裵紳(1520-1573) : 조선 중기의 문신. 자는 경여景餘, 호는 낙천洛川, 본
    관은 성주星州. 진사進士에 급제한 뒤, 추천으로 동몽교관童蒙敎官을 지
    냈다. 남명南冥의 제자이자, 퇴계退溪 이황李滉의 제자이다. 문집『낙천
    집洛川集』이 남아 있다. 남명이 세상을 떠난 뒤 조정에서 남명의 행적을
    알고자 하였을 때, 조정의 명으로 「남명행록南冥行錄」을 지어 올렸다.

141) 옳은 일을 모아 :『맹자孟子』「공손추상편公孫丑上篇」에서 '호연지기浩然
    之氣'를 설명하면서, "옳은 것을 모아서 생겨나는 것이다.[集義所生.]"라
    고 말한 구절이 있다.

142) 자신의 ⋯⋯ 보셨습니다 :『주역周易』「관괘觀卦」에, "자기가 하는 바를
    봐서 진퇴를 결정한다.[觀其生, 進退.]"라는 구절이 있다.

143) 돈옹遯翁 : 주자朱子가 경원慶元(1195-1200)년간에 권간 한탁주韓侂冑의 전
    횡을 비판하는 상소를 하려고 글을 지었다. 너무 과격하기 때문에 제자
    들이 말리며, 주역 점괘로 상소여부를 결정하라고 했다. 주자가 주역
    점괘를 뽑아, 「돈괘遯卦」를 얻었다. 그래서 상소문을 불사르고, 스스로
    돈옹遯翁이라는 호를 짓고 숨었다.

사람들은 "세상을 과감하게 잊었다" 하지만,

선생을 알지 못하는 말일 따름입니다.

하늘은 어찌하여 선생을 남겨두지 않아,

산의 나무 부러지 듯하는 것입니까?

백성들은 복이 없는 것이고,

후학後學들을 누가 열어 주겠습니까?

슬픕니다. 슬픕니다.

천리 먼 길을 달려와 술 한 잔 올리며,

만고토록 길이 하직하나이다.

경건하게 정성스러운 마음 바치오니,

강림하시어 살펴주시옵소서.

아아! 흠향歆饗하시옵소서.

▪先生 直內惺惺 顧諟天明 制外方方 集義觀生 浩然光大 展也其成
山天有扁 遯翁心事 確乎不拔 潛龍其志 人曰果哉 莫已知也已 天何
不憖 山木之摧 生民無祿 後學誰開 痛矣哉痛矣哉 千里一勺 萬古長
辭 敬薦誠中 庶幾格思 嗚呼哀哉 尙饗

---

144) 잠겨 있는 용 : 능력은 갖추었으나 아직 때를 만나지 못한 용을 가리킨
다. 『주역周易』「건괘乾卦」에, "숨어 있는 용이니, 쓰지 말라.[潛龍勿用.]"
이라는 구절이 있다.

남명南冥, 그 학덕學德을 그리며

14. 또 … 문생門生 이제신李濟臣[145]

아아!

여기가 우리 선생님의 묘소입니까?

선생님께서 세상을 떠나신 지 지금 몇 년인지요?

금년이 되어서야 변변찮은 음식 올립니다.

정성이 미미하고 인정이 얇아 그런 것이 아니고,

사실은 몸에 걸리는 일이 많았습니다.

세월이 많이 지체되었는데,

어찌 그 이유가 없겠습니까?

몸은 병이 많아 깨끗하지 못했고,

마음은 근심 끌어안고서 슬픔이 많았습니다.

몸이 조금 나아지고 마음이 편안해지자,

공적으로나 개인적으로 좋지 못한 일이 생겼습니다.

아아!

선생의 도덕과 문장은,

사람들이 다 아는 바입니다.

선생의 언행이 일치된 것은,

저 혼자만 아는 바입니다.

앞에 계신 듯 우러르니,

저의 생각 아련히 떠오릅니다.

---

145) 이제신李濟臣(1510-1582) : 조선 중기의 선비. 자는 언우彦遇, 호는 도구陶
丘. 본관은 고성固城. 의령宜寧에서 살다가 나중에 백운동白雲洞 입구에
옮겨 살았다. 그에 관한 기록을 모은 『도구실기陶丘實紀』가 있다.

차분히 문하에서 배우 것 비록 오래 아니지만,

배워서 얻은 바는 많았습니다.

홀로 문하에서 모시면서,

마음으로 감복한 것이 있지만,

감히 말하지 못하는 것은,

잘못한 것이 적지 않기 때문입니다.

지금 생각해 보니,

더욱 더 부끄러움을 더합니다.

이 어지러운 세상에 태어나서,

선생님 만난 것은 정말 다행입니다.

오래 동안 문하에서 모셨으면서도,

끝내 얻은 게 없는 것은 정말 불행입니다.

홀로 산속에서 모신 지가,

십삼여 년 되었습니다.

이제 의지할 곳을 잃었으니,

이 늙은 것 한평생은 슬픈데, 다시 어찌 하겠습니까?

죽어 따라 가려고 해도 방법이 없으니,

다만 스스로 슬퍼하기에 겨를이 없습니다.

경건하게 술과 여러 가지 음식을 올리니,

울적하고 슬프지만 스스로 거짓은 없습니다.

엎드려 바라건대, 흠향歆饗하시옵소서.

▪ 嗚呼 是吾先生之墓耶 先生之沒 今幾年矣 敬奠菲薄 在斯年矣 非
誠微而情薄 實事故之多牽 遷延歲月 豈無其緣 身多病而未潔 心抱

남명南冥, **그 학덕**學德**을 그리며**

憂而懷傷 旣病歇而心安 又公私之失祥 嗚呼嗚呼 先生之道德文章
人所共知 先生之言行一致 生所獨知 景仰如在 悠悠我思 優游門下
雖未久 而有所學得者 多矣 獨侍門墻 有所心服 而不敢自謂無罪者
少矣 今而思之 尤增羞恥 生斯末世 得遇先生 實多幸也 久侍先生門
下 終無所得者 眞不幸也 獨侍山中 餘十有三載也 今失依歸兮 老生
之一生傷痛 復如何也 要死從而無術 只自傷兮不暇 敬奠醴而進庶羞
徒鬱悒兮自無假 伏惟尙饗

15. 또 … 유종지柳宗智[146]

생각건대, 우리 동쪽 땅은,
오래도록 유학을 잃었습니다.
글 잘하는 것만 숭상하여,
선비들이 어지러이 쏠렸습니다.
정신을 거기에 따 쏟아부어,
명예와 이익만 추구하였습니다.
온 세상이 취생몽사醉生夢死하여,
백 년 동안 긴 밤이었습니다.
공손히 생각건대 우리 선생께서는,
남쪽 지방에서 떨쳐 일어나셨습니다.
용감하게 결단하여 홀로 서서,
벼슬에 나가지 않고 집으로 돌아왔습니다.
떨어진 도道의 실마리를 끝까지 궁구하여,
밤에도 낮처럼 쉬지 않고 공부하셨습니다.
흐르는 물을 따라 근원으로 거슬러 올라가,
독실하게 근원으로 귀의했습니다.
오십 년 동안 줄곧,
마음으로 애를 쓰고 힘 다했습니다.

---

146) 유종지柳宗智(1546-1589) : 자는 명중明仲, 호는 조계潮溪, 본관은 문화文化,
진주 수곡水谷에서 살았다. 남명의 문인으로 덕천서원德川書院 건립에
공이 많았다. 기축옥사己丑獄事에 연루되어 고문을 받다가 죽었다. 그에
관한 행적을 모은 『조계실기潮溪實紀』가 있다. 진주 대각서원大覺書院에
향사되어 있다.

남명南冥, 그 **학덕**學德을 그리며

힘쓰기를 오래하고 정밀하게 쌓아,

조예가 깊고 실천이 독실했습니다.

경敬과 의義 두 글자는,

평생 정력을 쏟은 것입니다.

근본이 이미 서게 되자,

흘러나오는 것이 어긋나지 않았습니다.

수양하여 내보내는 것 어기지 않았으니,

혜택을 미루어 나가는 것도 넓었습니다.

각각 선생의 정성에 맞추었나니,

귀하거나 천하거나 젊거나 나이 들었거나 간에.

즐기는 바가 이런 데 있었기에,

고요하게 세월 보냈습니다.

어찌 세상 근심을 잊었으리오?

부닥치는 곳마다 마음을 크게 여겼습니다.

그 당시 일을 논의하여 분석해 냈는데,

터럭만큼도 남기지 않으셨습니다.

웅변이 격앙하여,

그 가슴을 크게 펼치셨습니다.

담당 관리가 선생을 덕德으로 추천하여[147],

임금님께서 여러 번 벼슬로 부르셨습니다.

부름을 열 번 사양하고,

---

147) 담당 관리가 … 추천하여 : 1538년 강상도 관찰사 회재晦齋 이언적李彦
迪과 이림李霖이 최초로 남명을 조정에 추천하여, 헌릉참봉獻陵參奉에
제수되었으나 남명은 나가지 않았다.

일곱 번 상소[148]를 하였습니다.

피를 짜내고 간담을 열어젖히니,

정성은 격렬하고 말은 충성스러웠습니다.

도道를 이미 실행하기 어렵게 되자,

더욱 굳게 숨어사셨습니다.

주저함 없이 돌아와 버리니,

나라 다스릴 만한 능력을 어디에 발휘하겠습니까?

푸른 산 속에서 지내니,

개인 하늘의 달과 비온 뒤의 바람[149] 같았습니다.

굽히고 펴는 이치 누가 주관하는지요[150]?

선생의 한 평생은 끝이 없었습니다.

이러한 경지에서,

느긋하게 자신을 받아들였습니다.

미루어서 다른 사람에게 비추니,

보는 사람들이 마음으로 아주 흠모했습니다.

조정의 관원들과 관찰사와,

이에 선비들까지,

선생의 제자가 되어,

그 도의를 존경하여 본받았습니다.

---

148) 일곱 번 상소 : 지금 남아 있는 남명이 올린 상소문 종류의 글은 네 가지 뿐이다.

149) 개인 하늘의 달과 비온 뒤의 바람 : 송宋나라 학자 염계濂溪 주돈이周敦頤의 인품을 산곡山谷 황정견黃庭堅이 이렇게 표현하였다.

150) 주관하는지요 : 『남명집南冥集』 여러 판본에 원문의 글자가 하나 빠져 있는데, 전후 문맥으로 이렇게 번역하였다. 『조계실기潮溪實紀』에는, '孰'자에서에서부터 '窮'자까지 여덟 글자가 빠져 있다.

남명南冥, 그 학덕學德을 그리며

보잘것없는 저는,

스무 살 전후해서,

문하에서 절 올리고 가르침 받들어,

그 풍모風貌를 직접 뵈었습니다.

그 때 굼뜨고 어리석었으니,

담장에다 얼굴 맞댄 것 같았습니다[151].

선생께서는 이를 불쌍히 여기시어,

열어 주시고 부지런히 돌봐주셨습니다.

병통의 뿌리 시원하게 도려내 주시고,

뒤 따라서 약을 처방해 주셨습니다[152].

이 이후로부터,

매양 지도를 받았습니다.

보잘것없는 저가 못나,

캄캄하여 깨닫지 못했습니다.

팔구 년이 되었지만,

그래도 마음가짐은 사특했습니다.

이런 것을 생각하면 느껴 한탄스러워,

비루한 저의 마음을 다하려고 했습니다.

---

151) 담장에다 … 같았습니다 : 『논어論語』「양화편陽貨篇」에, "사람으로서 「주남周南」과 「소남召南」의 시를 배우지 않으면, 마치 바로 담장을 마주 하고서 서 있는 것과 같다.[人而不爲周南召南, 其猶正牆面而立也與.]"라는 공 자의 말씀이 있다.

152) 처방해 주셨습니다 : 기유본己酉本 『남명집南冥集』에는, '발약拔藥'으로 되어 있었는데, 갑신본甲申本에서는 '발拔'자를 '발發'자로 고쳤다. 역자 는 '발發'자의 뜻으로 번역하였다.

선생님을 모시고서,
길이 덕德스러운 말씀 받들어 들을까 했습니다.
어찌하여 불행하게도,
선생께서 병환이 나셨는지요?
저에게 큰 은혜 있었는데,
가없는 것을 갚지 못했습니다.
병환이 드신 초기에는,
좋은 소식 있기를 날마다 바랐습니다.
곁에서 탕약을 받들고서,
여러 날 여러 달을 지냈습니다.
병이 위독한데도 가르침 주셨는데,
말씀이 간절하고 지극했습니다.
저는 가슴에 간직하고서,
감동하고 분발했습니다.
어찌 생각이나 했겠습니까?
지금 갑자기 마룻대가 부러질 줄을.
우리 유학은 이미 사라졌고,
도道의 맥脈도 끊어졌습니다.
선비들이 어디에 의지해야 하겠습니까?
끝없이 길이 울부짖습니다.
아아!
죽는 것 사는 것, 막히는 것 통하는 것,
만나는 것 흩어지는 것, 사라지는 것 생겨나는 것에 있어,
선생께서는 분명하여 의심하는 바가 없습니다.

남명南冥, 그 **학덕**學德을 그리며

보잘것없는 저는 멍청하여,

의지할 데 없는 것만 슬퍼합니다.

일이 있으면 어디서 바로잡으며,

의문이 있으면 어디서 증명하겠습니까?

선생님 앉으셨던 옛날 자리 바라보면,

마치 기척이나 기침소리 듣는 것 같습니다.

영구靈柩 앞에서 엎드려 통곡하니,

눈물이 흘러 막을 수가 없습니다.

삼가 변변찮은 음식으로,

이 슬픈 정성을 바칩니다.

없어지지 않은 선생의 영령英靈 계시리니,

내려와 살펴주시옵소서.

흠향歆饗하시기를 바랍니다.

• 維我東土 久喪斯文 工文是尙 襟佩紛紛 瘦精竭神 名利是射 滔滔
醉夢 百年長夜 恭惟先生 奮起南服 勇決獨立 歸來一室 窮探墜緒 夜
而繼日 沿流泝源 憦憦歸宿 五十年來 苦心極力 力久精積 造深踐實
敬義二字 平生精力 源本旣立 流出不式 養送無違 推澤亦廣 各止吾
誠 貴賤少長 所樂在是 頹然歲月 豈是忘憂 觸處恢拓 論析時務 不遺
毫髮 雄辯激昂 大放厥懷 當路薦德 絲綸累催 十辭徵招 七上疏封 瀝
血披肝 誠激言忠 道旣難行 益固韜藏 浩然其歸 國器誰揚 靑山契闊
霽月光風 孰□卷舒 一生無窮 有箇地頭 恢恢自容 推以照人 覿者心
醉 搢紳方伯 爰曁士子 莫不摳衣 矜式道義 小子宗智 弱冠之齡 拜承
函丈 獲親儀刑 于時蠢愚 土墻當面 先生矜之 啓發勤眷 痛摘病根 隨
以拔藥 自是之後 每蒙誘掖 小子不肖 昧然莫覺 八九年來 徒自負愿

思之感恨 庶效蓬心 擬侍几杖 永奉德音 云何不幸 先生有疾 鴻恩在身 未報罔極 遘疾云初 日望有喜 湯侍左右 日月其累 病極教誨 有言切至 小子服膺 且感且起 豈料如今 遽毁樑木 斯文旣喪 道脈亦絶 士子安仗 長號罔極 嗚呼 死生窮達 合散消息 先生於此 判然無疑 小子悾悾 徒痛無依 有事何正 有疑何徵 瞻望舊榻 警咳如承 伏哭柩前 淚流難禁 謹以薄具 薦比哀忱 不亡者存 庶幾鑑臨 尙饗

남명南冥, 그 **학덕**學德을 그리며

16. 또 … 진주목사晋州牧使 이제신李濟臣[153]

아아! 선생이시어,

이름을 이루어 제일로 존경을 받고,

고상하게 지내며 임금 섬기지 않는 것으로 도道를 삼았습니다.

말세에 영향을 남기셨으니,

이전부터 완고한 사람을 일으켜 세워주셨습니다.

다박머리 어린애 때 책을 잡고서,

경敬과 의義로써 예禮가 아니면 행하지 않았습니다.

그런 가운데서 분수에 넘치게 임금의 부르는 글 싣고 왔기에

대궐에서 임금님과 삼베옷 입은 채로 만났습니다.

학성鶴城[154]에서 일찍이 뵈었을 때는,

가르치는 말씀으로 권면勸勉하셨습니다.

이제 산천재山天齋를 찾아오니,

산소는 묵어 황폐해져 있습니다.

이 곳에 이르러도 그 사람은 보이지 않으니,

감히 동평사왕東平思王의 그리움[155] 바라게 됩니다.

---

153) 이제신李濟臣(1536-1584) : 조선 중기의 문신. 자는 몽응夢應, 호는 청강淸
江. 문과에 급제하여 벼슬이 절도사節度使에 이르렀다. 남명南冥의 제자.
1578년 진주목사로 부임하였다. 문집 『청강집淸江集』과 『청강시화淸江
詩話』 등의 저서가 있다.

154) 학성鶴城 : 경남 울산蔚山, 경기도 양주楊州, 강원도 원주原州 등의 별칭.
여기서는 정확하게 어디인지 알 수 없지만, 양주일 가능성이 크다.

155) 동평사왕東平思王 : 전한前漢의 동평사왕 유우劉宇의 묘소가 무염無鹽에
있었는데, 무덤 위의 나무들이 모두 서쪽 장안長安으로 향해 비스듬하
게 되어 있었다. 그가 살아 있을 때 자기 식읍지에 가 있으면서 늘 장안

제문祭文

다시 뒷날 위해 사당祠堂을 지어

엄주嚴州[156]의 옛일 고찰한 것입니다.

두류산頭流山은 우뚝하여 만 길이나 되니,

선생께서는 돌아가셨지만 돌아가신 것이 아닙니다.

제기祭器에 포脯와 젓갈을 담아 올리니,

영령英靈께서는 이 것을 살펴주시옵소서.

흠향歆饗하시옵소서.

▪嗚呼先生 名成尊一 道協蠱九 留風季末 立頑來古 髻承手符 敬義
雷天 中叨載管 衰麻金筵 鶴城曾奉 誨旨勤勗 山天今謁 鬖坏荒宿 至
其處不見其人 敢望東平之慕 構堂祠復其爲後 庶稽嚴州之故 頭流截
兮萬仞 謂先生兮死未死 脯於籩豆於醯 冀盻饗者在此 尙饗

으로 돌아가기를 바랐기 때문이다. 여기서는 '살아 있는 동안 그리워하
던 것은 죽은 뒤에까지도 그리워한다'는 뜻이다.

156) 엄주嚴州: 절강성浙江省에 있는 지명. 후한後漢 때의 은자 엄광嚴光이 은
거하던 부춘산富春山이 엄주에 있다. 후세에 거기에 엄광의 자취를 추
모하기 위해서 엄선생사당嚴先生祠堂을 세웠고, 송宋나라의 정승 범중엄
范仲淹이 「엄선생사당기嚴先生祠堂記」를 지었다.

남명南冥, 그 학덕學德을 그리며

17. 또[157] … 문하門下 곽율郭趪[158]

아아! 슬픕니다.

저가 일찍이 들으니 증자曾子[159]의 말 가운데 이런 말이 있습 니다.

"키가 여섯 자 되는 어린 임금의 외로움을 부탁할 수 있고, 백리 되는 고을의 운명을 맡길 만하며, 큰 절개를 지킬 일에 임하여 그 뜻을 빼앗을 수 없다[160]".

선생의 재주와 덕德은 거의 이 말에 해당될 수 있습니다.

가슴 속은 깨끗하여 속세의 더러움이 없었고,

천하 만물을 보아도 다 마음에 영향을 받지 않으셨습니다.

도량은 널찍하여 곧고 커서,

높은 태산泰山과 높이를 다툴 만했습니다.

문을 닫고 행적을 감추고서,

학문 하는 일에만 전념했습니다.

저서도 하지 않고 논설도 세우지 않고,

---

157) 이 제문은 실제로는 한강寒岡 정구鄭逑가 곽율을 대신해서 지은 것으로, 『한강집寒岡集』 제10권 23-24장에 실려 있다.

158) 곽율郭趪(1531-1593) : 조선 중기의 문신, 의병장. 자는 태정泰靜, 호는 예곡禮谷, 본관은 현풍玄風. 남명南冥의 문인. 벼슬은 군수를 지냈다. 임진 왜란 때 의병장으로 공을 많이 세웠다. 문집 『예곡집禮谷集』이 있다.

159) 증자曾子 : 공자의 제자인 증삼曾參. 자는 자여子輿. 공자의 도를 후세에 전했다. 『대학』의 전傳 10장章을 지었다고 한다.

160) 키가 … 없다 : 『논어論語』 「태백편泰伯篇」에 나오는 구절이다. 옛날의 한 자는 20센티 정도이기 때문에, 여섯 자는 120센티 정도로 어린애를 말한다.

단지 옛사람의 길을 따랐을 뿐입니다.

하나의 지각知覺은 깨어 있어 가슴 속에서 어둡지 않고자 했고,

숙연하여 천지의 귀신이 늘 앞에 와 있는 것처럼 했습니다.

공부가 이미 익자,

큰 근본이 이미 섰기에,

일상생활의 응수가,

이리저리 흘러 넓고 활발했습니다.

말씀은 뛰어나고 시원하여,

마치 바람을 받은 돛대가 한 번 달려,

그림자가 아득히 물안개 낀 만경창파 위로 솟아오르는 듯했습니다.

그러나 문장은 깔끔하여,

서리빛 나는 칼날을 휘두르매,

그 빛이 구만 리 하늘의 찬란한 별로 향하여 빛나는 것 같았습니다.

빛나기는 맑은 얼음이,

옥으로 만든 병에 비치는 것 같았고,

깨끗하기는 흰 달이,

가을 하늘에 빛을 발하는 것 같았습니다.

어찌 동쪽 나라에 다시 태어날 인걸이겠습니까?

다음 세상에서 보기 어려울 뿐만 아니라,

또한 이전의 세상에서도 보기 어려웠습니다.

그러나 어찌하여 하늘의 도리는 아득하여,

우리 유도儒道가 막히는 데 이르게 했는지요?

남명南冥, 그 학덕學德을 그리며

이런 덕德을 품고서 이런 세상에서 숨다니.

확고하여 지조 변하지 않고서,

우뚝이 초야로 길이 가버리셨습니다.

물고기와 새를 짝하고 소나무와 사슴 벗하고,

안개와 놀을 먹고 연잎으로 만든 옷 입으셨습니다.

시대를 걱정하는 눈물을,

공연히 만첩 청산 가운데다 뿌리셨습니다.

세상에 대해서 분통을 터뜨리는 생각을,

십리 은하수 같은 물가161)에서 쏟으셨습니다.

부열傅說이 담을 쌓는 꿈162)에도,

임금님께서 어진이 부르는 데 이르지 않았고,

자릉子陵의 간의대부諫議大夫 자리163)가,

오히려 관 뚜껑을 덮은 뒤164)에야 있습니다.

마음에는 조화造化의 오묘함이 늙어갔고,

소매 속에는 마침내 경륜經綸의 솜씨를 오무려 넣었습니다.

길이 지사志士가 주먹을 쥐고 부르러 떨게 했고,

길에 다니는 졸개들의 입에도 널리 올랐습니다.

---

161) 십리 은하 : 산청군山淸郡 덕산德山 산천재山天齋 앞을 흐르는 강을 가리
킨다.

162) 부열傅說이 … 꿈 : 은殷나라 고종高宗이 꿈에 본 사람을 찾아 부암傅巖
의 길 닦는 공사판에서 부열을 발견하여 정승으로 삼았다.

163) 자릉子陵의 간의대부諫議大夫 자리 : 자릉은 엄광嚴光의 자. 후한後漢 광
무제光武帝가 엄광을 간의대부諫議大夫에 임명했지만, 사양하고 취임하
지 않았다.

164) 관 뚜껑을 덮은 뒤 : 남명南冥의 부고를 듣고, 선조宣祖는 남명의 평소
강직한 언행을 생각하여 대사간大司諫에 추증追贈하였다.

누가 알겠습니까? 선생의 본래 뜻은,

초야에서도 일찍이 임금님을 잊은 적이 없다는 것을.

그러하니 선생께서 돌아가신 것이,

어찌 저로 하여금 통곡하며 눈물 흘리게 하여,

오래되어도 더욱 그만둘 수 없게 하지 않겠습니까?

아아! 저의 생활이 민첩하지 못하여,

만 길의 티끌 세상 속으로 떨어졌습니다.

나이는 많아도 학문은 흐릿하니,

속을 둘러봐도 취할 만한 착한 것 하나도 없습니다.

다행히 하늘이 가리기 어려운 떳떳한 본성을 주셨기에,

선생 곁에서 시중들기로 뜻을 세웠습니다.

바닷가 김해金海에서 절을 올렸고,

다시 산속인 덕산德山에서 나아가 뵈었습니다.

말씀은 정성스러워 두 가지 상황을 들어 힘을 다하시며[165],

저를 두고 멍청하다고 말하지 않으셨습니다.

보잘것없는 저는 감격하여,

둔한 몸을 떨쳐 일으켰습니다.

비록 마루에 올라[166] 부지런히 일하지는 못해도,

---

165) 두 가지 … 다하시며 : 『논어論語』 「자한편子罕篇」에, "비루한 사람이 있
어 나에게 묻는 것이 멍청할지라도, 나는 그 양쪽 실마리를 파악하여
내 능력을 다한다.[有鄙夫, 問於我, 空空如也, 我叩其兩端而竭焉.]"이라는 공
자孔子의 말이 실려 있다.

166) 마루에 올라 : 『논어』 「선진편先進篇」에, 공자께서 자로子路의 학문을
평가하여, "유由는 마루에는 올라갔지만, 아직 방에는 들어가지 못했
다.[由也, 升堂矣, 未入於室也.]"라고 했다. '마루에 올라갔다'는 뜻은, 학문
의 기초가 이루어져 어느 경지까지 갔지만, 아직 핵심적인 경지에는

남명南冥, **그 학덕**學德**을 그리며**

흠모欽慕하고 기뻐하는 마음만은 공연히 높았습니다.

선생께 강녕康寧하시라고 위로 말씀드렸기에,

무궁토록 수명이 늘어나시어,

신명神明의 도움에 힘입어,

오래도록 높은 기풍氣風을 우러러 흠모하리라 생각했습니다.

어찌 생각이나 했겠습니까?

하늘이 우리 유학을 망칠 줄을,

선생의 서거를 알리는 순간 부고訃告를 들었고,

다시 곡할 자리를 만들어 곡을 하였고,

또 조문弔問하는 부의賻儀를 붙여 보냈습니다.

저 집안의 재앙이 참혹하였기 때문이니,

지난 겨울에 형님 상喪을 당하여,

몸채의 늙은 어머님 마음을 상하게 하니,

허연 머리 한 근심스런 얼굴 차마 볼 수 있었겠습니까?

마음을 꺾는 여러 가지 슬픈 일이 모여들어,

온갖 근심으로 가슴이 막혀 답답합니다.

그래서 미적거리다가 이제 이르렀는데,

저 마음의 슬픔을 누가 알겠습니까?

평소를 상기하며 느끼고 생각하니,

부끄러워 얼굴이 붉어집니다.

아아! 선생께서는 이미 가버리셨습니다.

보잘것없는 저는 누구를 의지해야겠습니까?

아직 좋은 쇳소리 같은 말씀 다 듣지도 못 했고,

들어가지 못 한 것이다.

제문祭文

옥 같은 모습 완전히 접하지도 못 했습니다.

바람에 떠가는 구름도 구슬픈 빛 띠었고,

돌과 시내도 슬픔을 머금었습니다.

단지 큰 이름만 남아 있는데,

백세토록 우러를 수 있겠지요.

저가 와서 한 번 통곡하니,

눈물이 천 줄기 흘러내립니다.

두 번 절하고 제문을 읽으니,

없어지지 않은 영령英靈은 강림하시옵소서.

흠향歆饗하시기 바라옵니다.

‧ 嗚呼哀哉 吾嘗聞於曾子之言曰 可以托六尺之孤 可以寄百里之命
臨大節而不可奪也 如先生之才之德 爲可以庶幾乎斯說 而胸次澹然
而絶塵 視天下萬物 皆不足以來入 氣宇浩然而直大 自可以爭高於泰
山喬嶽 杜門掃軌 而專心學問之事 不著書 不立論 只一味循古人之
塗轍 一箇知覺 要惺惺不昧於方寸之中 肅然常如天地鬼神之臨赫 工
夫旣熟 大本旣立 日用應酬 流轉浩活 詞辯駿快 有如駕風之檣 一馳
而影凌十千頃烟波之杳然 文翰洒落 有如拍霜之刃 一揮而光射九萬
里星斗之燦然 炯如淸氷照采於玉壺 澹如素月揚輝於秋天 夫豈東方
再生之豪傑也 不但難見於後 亦復難見於前 然何天道之杳邈 而致吾
道之屯邅 懷此德而遯此世 確乎其不拔 卓然長往於林泉 伴魚鳥而友
松鹿 餐烟霞而製荷蓮 憂時之淚 空洒於萬疊靑山之中 憤世之懷 聊
瀉於十里銀河之邊 傅說板築之夢 未格於側席之上 子陵諫議之職 尙
在於蓋棺之後 心上空老造化之妙 袖裏竟縮經綸之手 長扼志士之腕
謾騰走卒之口 夫孰知先生之素心 實未嘗忘君於畎畝 然則先生之亡

남명南冥, 그 학덕學德을 그리며

也 曷不使吾痛哭流涕 猶不能自已於愈久 嗟吾生之不敏 落萬丈之塵
臼 年旣多而學迷方 環顧中而無一善可取 幸天與秉彝之難揜 獲立志
於擁帚 旣納拜於海上 復進謁於山中 語諄諄而叩竭 不謂我之空空
而小子之感激 得振發其頑躬 縱不能升堂而服勤 而慕悅則徒隆 慰先
生之康寧 謂延齡於無窮 賴神明之共扶 久欽仰乎高風 孰意斯文之天
喪 忽承音於告凶 旣申爲位之哭 又寄吊賻之封 只緣私門之禍酷 遭
兄喪於去冬 傷心堂上之老母 忍見鶴髮之愁容 萬端悲撓之叢集 百憂
鬱結而塡胸 坐遲遲而迄今 孰知我心之悲恫 想平生而感念 愧靦然而
顏紅 嗚呼 先生已矣 小子何托 金聲未聞 玉色未接 風雲帶淒 石泉含
悲 空留大名 百世仰之 我來一哭 有淚千行 再拜陳詞 庶格未亡 尙饗

18. 또 ··· 단성현감丹城縣監 권유權愉[167]

훌륭하십니다! 선생이시여,

신령스런 산악이 뛰어난 정기 모았습니다.

기상과 절개는 호탕하면서 고매하였고,

타고난 자질은 맑고 밝았습니다.

학문은 근원이 있었고,

지조는 흠이 없었습니다.

도道에 나아가기를 매우 독실하게 하였고,

학업은 날로 늘어났습니다.

당시 세상에 쓰이어,

극도로 베풀 줄 생각했었는데,

어찌하여 때를 만나지 못 하여,

세상이 선생과 어긋나게 되었는지요?

산림에서 느긋하게 지내다,

세월은 점점 흘러갔습니다.

뜻둔 바는 원대하였고,

조예는 깊었습니다.

뛰어난 재주와,

정밀한 식견으로도,

마침내 한 번도 쓰여 보지 못하고,

---

167) 권유權愉 : 본관은 안동安東, 고성固城에 거주하였다. 남명南冥의 제자.
남명이 거제巨濟에서 유배생활하는 정황丁熿을 찾아가 예禮를 논했을
때, 그 자리에 모시고 있었다고 한다. 자세한 생평 미상.

남명南冥, **그 학덕**學德**을 그리며**

작고하고 말았습니다.

하늘이 이런 인물을 나은 것은,

과연 무엇 하기 위함이었습니까?

무릇 뜻 있는 저희들 가운데,

누가 아까워하지 않겠습니까?

아아! 천년의 세월 동안,

학문은 끊어지고 도道는 없어졌습니다.

풍속은 타락하고 선비들은 흩어져,

지향할 바를 알지 못 합니다.

비루한 것 그대로 따르고 옛것만 지키니,

논의는 저급하고 사기는 약합니다.

선생께서는 걸출하시어,

남쪽 지방에서 떨쳐 일어났습니다.

뛰어나게 홀로 서 계시니,

밝고 정성스럽고 산뜻합니다.

선비들은 모두 으뜸 되는 스승으로 섬기며,

다투어 수양하여 무슨 일 하려고 했습니다.

생각건대 이 남쪽 지방에는,

어진 선비들이 많았습니다.

누가 이렇게 되도록 했습니까?

선생의 힘이랍니다.

정선생丁先生¹⁶⁸⁾의 문하에서,

---

168) 정선생丁先生(1512-1560) : 조선 중기의 문신인 정황丁熿. 자는 계회季晦, 호
는 유헌游軒, 본관은 창원昌原. 문과에 급제하여 의정부議政府 사인舍人

저가 옛날에 공부를 배웠습니다.

그 때 선생께서는,

멀리까지 오셨습니다.

저 바다 가운데로,

우리 정선생을 방문하셨습니다.

웃기도 하고 말씀도 나누시면서,

종일토록 강론하셨습니다.

저는 그 때 총각으로서,

곁에서 모시고 있었습니다.

선생의 도道는,

비록 알지 못하지만,

우러러 가르침을 받들어,

또한 존경할 줄은 알았습니다.

이 이후로부터,

저가 서울에 살았습니다.

남북이 멀리 막혀,

나아가 뵈올 길이 없었습니다.

매양 높은 기풍 듣고서,

한갓 우러러 흠모하는 마음만 간절했습니다.

이제 잘못 임금님의 은혜를 입어,

이 조그마한 고을 맡아 다스리게 되었습니다.

에 이르렀다. 인종仁宗의 갈장渴葬을 반대하다가 윤원형尹元衡 일파에게
걸려 곤양昆陽, 거제巨濟 등지에서 유배생활하다가 거제에서 작고하였
다. 문집 『유헌집游軒集』이 남아 있다. 『남명집南冥集』 원문에 "이름은
황[名, 熿]이다"라는 간주間註가 있다.

남명南冥**, 그 학덕**學德**을 그리며**

마룻대 이미 부러졌으니,

아득하여 뒤쫓아가기 어렵습니다.

어디에서 학업을 물어,

저의 생각을 위로받겠습니까?

그 언덕에 묘소가 있어,

가을 풀만 무성합니다.

두 번 절하고 엎드려 뵈옵는데,

탄식하고 흠모하는 마음 어찌 끝이 있겠습니까?

아득히 저 세상에 계시니,

사랑해도 다시 일으킬 수 없습니다.

술과 음식을 드리면서,

저의 정성을 고하나이다.

영령英靈께서 아신다면,

강림하시어 흠향歆饗하시옵소서.

▪ 猗歟先生 神嶽鍾英 氣節豪邁 資禀淸明 學問有源 操履無瑕 進道
甚篤 德業日加 謂當世用 遂究厥施 如何不遇 世與我違 婆娑丘林 歲
月駸駸 所志之遠 所造之深 卓絶之才 精詣之識 竟不一試 殉身以歿
天生是人 果何爲耶 凡我有志 孰不惜也 嗟嗟千載 學絶道喪 俗淪士
散 莫知所向 因陋守舊 論卑氣弱 先生傑然 奮乎南服 超然獨立 誠明
洒落 士皆師宗 爭自濯磨 惟此南方 賢士之多 是孰使之 先生之力 丁
先生 名璜 門 愉昔受學 維時先生 遠于從之 訪我先生 于彼海中 載
笑載言 講論終日 愉以卝角 獲侍左右 先生之道 雖未能知 仰承謦欬
亦知敬之 自是厥後 愉居京洛 南北阻長 無路造謁 每聞高風 景仰徒

切 玆荷誤恩 來守支邑 樑木已摧 邈矣難追 於何問業 以慰我思 有墳
其丘 秋草離離 再拜伏謁 嘆慕曷已 茫茫九原 愛莫起之 酒肴之奠 惟
告其忱 英靈有知 尙祈鑑臨 尙饗

남명南冥, 그 학덕學德을 그리며

19. 또 … 문생門生 조원趙瑗[169]

봉황새가 천 길을 날아오르고,

용이 연못에 깊이 잠겨 있는 것으로도,

선생의 원대한 자취에는 비교할 수 없습니다.

태산泰山이 험준하여 만 길 절벽으로 솟아도,

선생의 지조와 절개에는 비유할 수 없습니다.

빼어나고 시원하고 깔끔하여,

한 점의 먼지나 티끌을 받지 않으셨습니다.

선생께서 천성에서 얻은 것은,

고결하면서도 정치精緻하고 세밀했습니다.

본말本末을 다 파악하셨고,

안팎을 두루 꿰뚫어 통하셨으니,

선생의 학문적 조예는,

매우 깊었습니다.

마음 속에 간직하여,

효도하고 공경하고 충성스럽고 신실하셨고,

하느님을 마주하여,

낮에는 부지런히 하고 밤에는 흠칫하며 반성하셨습니다.

바라보면 의젓하여,

---

169) 조원趙瑗(1544-1595) : 조선 중기의 문신. 자는 백옥伯玉, 호는 운강雲岡, 본
    관은 임천林川, 진주晉州 금산琴山에서 살았다. 남명南冥의 누님의 아들
    인 이준민李俊民의 사위다. 문과에 급제하여 승지承旨를 지냈다. 그의
    유고가 『가림세고嘉林世稿』에 수록되어 있다.

사람들이 두려하지 않을 수 없었습니다.

바깥으로 나타나 정화精華가 얼굴에 윤택하니,

봄 햇살이 사물에 미치는 것 같았고,

인정人情과 예절을 곡진히 하여,

가늘고 작은 것에까지 두루 퍼져나갔으니,

사람들이 사랑하지 않을 수 없었습니다.

천년 만에 선생 같은 분이 다행히 나오셔서,

만세의 스승이 되셨습니다.

저 같은 보잘것없는 사람이,

다행이 인척관계에 있었기에,

사랑을 주는 마음이 보통 아니었습니다.

신유辛酉(1561)년 초가을에,

가르치는 자리에서 절을 드렸습니다.

비루한 자질의 저를 부드럽게 거두시어,

정성스럽게 가르쳐 주시고,

저를 아름다운 선비로 인정하셨습니다.

중요하고 오묘한 이치를 말씀해 주시고,

방향을 가르쳐 주신 것이,

일찍이 거경궁리居敬窮理[170)에서 벗어난 적 없으셨습니다.

절하고 가르침을 받은 뒤로,

받들어 따라 살아온 지 거의 이십 년,

게으르고 소홀히 하고 중단하였고,

---

170) 거경궁리居敬窮理 : 마음과 몸을 경건한 상태로 유지하면서 이치를 궁구
하여 지식을 확실히 하는 공부방법.

남명南冥, **그 학덕**學德**을 그리며**

또 과거와 이름과 이익 녹봉 등을 구하다 보니,

지금까지도 흐릿하여,

시비 사이에서 뒤집히고 낭패를 당하고 있습니다.

생각건대 선생께서는 저를 보고 걱정할 것입니다.

그러나 대장부의 일은,

바로 푸른 하늘의 흰 해와 같으니,

귀신에게 물어봐도 알 것입니다.

영남嶺南에 사명使命을 받들어 나왔다가,

오래 된 묘소에 찾아뵈올 수 있었습니다.

이슬은 오랜 풀에 젖어 있고,

구름은 한 아름 되는 나무에 끼어 있습니다.

목소리와 모습을 상상하니 어제 같으나,

형체는 볼 수가 없습니다.

한 잔 술을 올리며 길이 하직하니,

눈물이 비처럼 떨어집니다.

• 鳳凰翔于千仞 神龍渢然淵潛 而不足以比先生之遐躅 泰山巖巖 壁立萬仞 而不足以喩先生之操節 秀爽灑脫 曾不受一點之塵埃 而先生得於天性者 高潔精緻細密 本末殫盡 內外通貫 而先生造於學問者深 極 存諸中 而忠信篤敬 對越上帝 日乾夕惕 望之儼然 人不敢不畏 發於外而精華粹面 春陽及物 曲盡情禮 條暢細微 人不敢不愛 曠千載而幸出 立萬世之師範 曰予小子 幸居姻婭之後 而情愛之不泛 歲辛酉之初秋 始獲拜於皐比 曲收陋質 敎誨諄諄 目予以佳士 說與要妙 指授向方者 曾不出乎居敬窮理 拜受之後 奉以周旋者 幾二十年 怠

忽間斷 雜以科名利祿之求 至今蒙蒙 其若玆顚倒狼狽於是非之間 想
先生悶見於吾 斯然 丈夫心事 正如白日靑天 質諸鬼神而有知 奉使
命於嶺外 得展謁於故墓 露濕宿草 雲沈拱樹 想音容之如昨 而形像
之莫覩 奠一盃而長辭 有隕淚之如雨

남명南冥, 그 학덕學德을 그리며

20. 또[171] … 문인 정구鄭逑

옛날에는 높은 집에서,

해나 별처럼 찬란했습니다.

맑고 화통하여 깔끔했고,

바람과 우레처럼 격동적이고 분발하였습니다.

지금은 빈 산 속의,

묵은 풀에 반딧불만 납니다.

쓸쓸하고 허전하여,

모습 접할 수도 목소리 들을 수도 없습니다.

저가 불민한 것이 부끄럽나니,

가르쳐주고 새겨줌을 번거롭게 더럽혔습니다[172].

완고한 자질은 처음 그대로인데,

세월만 헛되이 보냈습니다.

한갓 말씀만 귀에 남아 있어,

두려운데 어찌 편안하겠습니까?

소나무 가래나무 어루만지고 살피며,

느껴 선생님의 풍모風貌 상상합니다.

깔끔한 정신 엄숙하게 임해 있으니[173],

---

171) 원주原註에 '병자丙子(1576)년 7월이다'라고 했다.

172) 더럽혔습니다 : 『한강집寒岡集』에는 '오汚'자로 되어 있는데, 갑신본甲申本 『남명집南冥集』에는 '오誤'자로 되어 있다. 여기서는 '오汚'자의 뜻으로 번역하였다.

173) 임해 있으니 : 『한강집』에는 '임臨'자로 되어 있는데, 갑신본 『남명집』에는 '견堅'자로 되어 있다. 여기서는 '임臨'자의 뜻으로 번역하였다.

흐릿한 저가 정신이 드는 듯합니다.

꿇어앉아 절하고 말씀 아뢰니,

산속의 해가 바야흐로 저뭅니다.

▪昔日高堂 爛若日星 清通洒落 激發風霆 今日空山 宿草飛螢 寂寞
怊怳 靡接靡聆 愧此不敏 煩汚誨銘 頑質猶初 歲月摧零 言徒在耳 怵
惕何寧 撫省松楸 感傷儀刑 精爽辣臨 若昏而醒 跪拜陳辭 山月將冥

남명南冥, 그 학덕學德을 그리며

21. 또[174] … 앞의 사람

태산泰山이 한 번 무너짐에,
세월이 거칠어졌습니다.
문득 삼십육 년이 되었으니,
번개빛처럼 빠릅니다.
이미 난리를 겪었기에,
눈에 닿는 것마다 슬픕니다.
사람의 마음이 한 번 무너지자,
세상의 도리는 슬퍼할 만합니다.
대단한 덕德과 고상한 풍모는,
오래될수록 더욱 널리 알려집니다.
높고 높은 산이 있고,
출렁출렁 흘러가는 물이 있습니다.
보잘 것 없는 조그만 저는,
허연 머리 하고서도 지향할 바를 모릅니다.
평생 뉘우치고 아쉬워하는데,
머리 돌려보니 막막합니다.
늘그막에 힘쓰고자 하나,
뜻과 힘이 강하지 못합니다.
두터운 기대를 저버렸으니,
부끄러워 흐르는 땀이 옷을 적십니다.
풀이 묵은 텅 빈 산에,

---

174) 원주原註에, '병오丙午(1606)년 11월이다'라고 했다.

오래된 나무만 푸르고 푸릅니다.
깨끗한 정신이 존재하는 듯하니,
선생은 서거하지 않은 것입니다.
물러나 옛날 모시던 일 생각하니,
감격의 눈물이 눈시울에 가득 찹니다.
깨끗하게 정성껏 제수 장만하고,
경건하게 한 잔 술 올립니다.

* 泰山一頹 歲月于荒 忽焉三紀 倏若電光 旣經亂離 觸目悲涼 人心
一壞 世道堪傷 盛德高風 愈久彌彰 有山峩峩 有水洋洋 渺余小子 白
首迷方 平生悔吝 回首心茫 桑楡欲勵 志力不强 孤負厚望 愧汗霑裳
宿草空山 古木蒼蒼 精爽如存 先生不亡 追惟舊陪 感淚盈眶 潔誠爲
羞 敬薦一觴

남명南冥, 그 **학덕**學德을 그리며

22. 또[175] ··· 유영순柳永詢[176]

하늘이 우리 유학을 망하지 않게 하고자 하여,

뛰어나고 고상하신 선생을 탄생시켰습니다.

좋은 금인 듯 따스한 옥인 듯하니,

실로 간혹 있는 특수한 기운을 모은 것입니다.

벼슬에 나가느냐 집에 있느냐 하는 도리에 엄격하였고,

덕德은 경敬과 의義에서 높았습니다.

이윤伊尹[177]의 뜻을 뜻으로 삼고 안자顏子의 학문을 배워,

그 근원이 유래한 바가 있습니다.

백물百勿의 깃발[178]과 네 가지 부절符節[179]로,

---

175) 원주原註에, '병오(1606)년 9월이다"라고 되어 있다.

176) 유영순柳永詢(1552-1632) : 조선 중기의 문신. 자는 순지詢之, 호는 졸암拙庵, 본관은 전주全州. 문과에 급제하여 호조참판戶曹參判을 지냈다. 1606년에 경상도 관찰사로 부임했다.

177) 이윤伊尹 : 은殷나라의 어진 정승. 본래 하夏나라 걸왕桀王의 난세를 만나 유신有莘의 들판에서 농사짓고 살았는데, 탕湯임금이 세 번이나 간곡하게 초빙하자, 비로소 나아갔다. 탕임금을 도와 폭군 걸왕桀王이 다스리는 하나라를 쳐서 은나라를 천자나라의 지위가 되게 하였다. 여기서는 때를 얻어 세상에 나가서는 큰 일을 하는 인물의 표본으로 본 것이다.

178) 백물百勿의 깃발 : 욕망에 끌려 자신의 언행을 망칠 수 있으므로 모든 욕망을 절제하라는 경계의 깃발. '백물百勿'은 '모든 것을 하지 말라'는 뜻인데, 남명南冥이 그린 「신명사도神明舍圖」의 그림 아랫 부분에 대장기大壯旂가 있는데, 그 깃발 모양을 톱니처럼 그렸는데, 그것이 '물勿'자의 모양이다.

179) 네 가지의 부절 : 화和, 항恒, 직直, 방방이다. 「신명사명神明舍銘」의 주석에 의하면, '화和'는 바깥 사물과 접하여 절도에 맞는 것, '항恒'은 항구적인 것, '직直'은 혼자 있을 때를 삼가는 것, 방方은 내 마음의 법도로

공부의 과정을 시작한 것입니다.

일찍이 뇌룡사雷龍舍의 터 잡았으니,

숨어서 수양할 장소를 얻은 것이었습니다.

만년에 산천재山天齋를 지어서,

한 소쿠리의 형편없는 밥을 즐겼습니다.

임금과 백성 위한 일은 내가 해야 할 본분이나,

돈괘遯卦의 막힘[180]을 만났습니다.

봉황새나 기린도,

그 무리에서 나오는 것입니다.

맑은 기풍氣風에 격려되어,

게으른 사내도 뜻을 세우게 되었습니다.

영순永詢은 후학으로서,

이런 중요한 임무[181]를 받았습니다.

문하에 미처 나아가지 못했으니,

매양 생각하면 한탄만 일어납니다.

이제 서원을 방문하니,

깔끔한 사당만 그윽하군요.

어렴풋이 선생의 모습이,

뜰을 오르내리는 듯합니다.

남을 헤아리는 것이다.

180) 돈괘遯卦의 막힘 : 주자朱子가 권간 한탁주韓侂冑의 전횡을 비판하는 상
   소를 하려고 글을 지었다. 너무 과격하기 때문에 제자들이 말리며, 주
   역 점괘로 상소여부를 결정하라고 했다. 주자가 주역 점괘를 뽑아 보
   니,「돈괘遯卦」를 얻었다. 그래서 상소문을 불사르고, 스스로 돈옹遯翁
   이라는 호를 지었다.

181) 중요한 임무 : 경상도慶尙道 관찰사를 맡은 것을 말한다.

남명南冥, 그 학덕學德을 그리며

제가 갖춘 제물이 변변찮지만,

어여삐 봐 주시옵소서.

▪ 天未喪文 英邁崛起 金精玉溫 實鍾間氣 道嚴出處 德尊敬義 伊志
顔學 淵源所自 百旗三符 工程攸始 早卜雷龍 藏修有地 晚築山天 樂
我簞食 君民分內 遇遯之否 鳳凰麒麟 秖自出類 高風所激 鄙敦懦志
某猥以後學 受此重寄 未及函丈 每懷興喟 今躡宮墻 淸廟有閟 彷彿
儀形 陟降庭止 物雖至薄 庶幾右止

23. 또 사제문賜祭文[182]

국왕[183]은 예조좌랑禮曹佐郎 안경安璥[184]을 보내어 작고한 증의정부영의정贈議政府領議政 조식曺植의 영전에 제사를 내리노라.

생각건대 영령英靈은,
강과 산이 빼어난 기운 잉태하였고,
해와 별이 정기를 내렸도다.
침착하고 엄숙하고 순수하였고,
바르고 크고 굳세고 밝았도다.
만 길 절벽처럼 우뚝하였고,
속세의 기운을 멀리 벗어났도다.
덕德은 네 가지[185]를 겸하였고,
용기는 한 나라 군대의 장수를 빼앗을 수 있었도다.
경敬에 바탕하여 처신하여 성인聖人의 공부 이루었고,
함양涵養하는 단계에 이르렀도다.
의리에 짝한 바른 기풍氣風이,
하늘과 땅 사이에 가득 찼도다.

---

182) 원주原註에, '만력萬曆 을묘乙卯(1615)년 7월이다'라고 되어 있다.
183) 국왕 : 광해군光海君이다.
184) 안경安璥(1564-?) : 조선 중기의 문신. 자는 백온伯溫, 호는 근전芹田, 본관은 순흥順興. 문과에 급제하여 사헌부司憲府 장령掌令을 지냈다. 인조반정仁祖反正으로 삭직되었다. 이후 향리에서 거처하면서 후진 교육에 힘썼다.
185) 네 가지 : 공자孔子의 문인을 네 가지 분야로 나누었는데, 곧 덕행, 언어, 정사政事, 문학이다.

남명南冥, **그 학덕**學德**을 그리며**

마음 속을 곧게 하고 바깥을 반듯하게 하여,

안을 충실하게 하여 밖으로 빛이 있었도다.

수신修身, 제가齊家의 도道를 다하고,

학문은 정밀한 데까지 나아갔도다.

숨어 살아도 세상을 잊은 것은 아니었으니,

뜻 얻지 못해도 어찌 한 몸만 깨끗이 하려 했겠는가?

자취는 비록 초야에 묻혀 있어도,

실로 임금과 신하에게 마음을 두었다네.

바른 말과 지극한 논의는,

앞 뒤에 걸쳐 올린 상소에 다 있다네.

타고 온 흰 말을 매어두고,

봉황새 날아가시 않게 하려 했네.

손 한 번 뒤집는 짧은 시간에,

요순堯舜의 정치를 만들어낼 수 있었네.

탕湯임금이 초빙에 애썼지만,

신야莘野[186]에서 밭 갈며 일어나지 않았네.

양陽의 덕을 거듭 길렀으나,

끝내 베풀지는 못했다네.

이제 생각건대 우리 동쪽 나라는,

발해渤海 바다 바깥의 중화中華였네.

학문을 심고 경학經學 이야기한 사람 가운데,

---

186) 신야莘野 : 은殷나라 탕湯임금 때의 정승인 이윤伊尹이 밭갈이 하던 곳.
이윤은 처음에 신야의 들판에서 농사짓고 살다가 탕임금의 부름으로
나와서 정승이 되었다. 남명南冥이 임금의 부름에도 나아가지 않고 초
야에 묻혀 지낸 것을 비유하였다.

실질적인 것을 가리켜 말한다면,

가까이 간 사람이 한 사람도 없다오.

어진이로서 자연 속에 누워서,

어떻게 경륜을 베풀겠는가?

그러나 백성들은 그 도움을 받아,

오늘날까지 이르렀다네.

엄숙하고 고상한 기풍氣風은,

모진 사람 청렴하게 하고 나약한 사람 서게 만들었네.

큰 덕과 두터운 어짊은

도道를 전함에 유래가 있었네.

사직이 공의 힘을 입었고,

삼강오륜이 타락하지 않았다네.

한 가닥 실 같은 나라 운명 붙들었으니,

실로 공이 가르쳐준 것에 말미암았네.

남긴 은택 끊어지지 않았으니,

그 유익함이 매우 넓도다.[187]

옛날 우리 선대 임금님[188]께서,

자신의 직분 다하면서 어진이 좋아하였네.

서열을 뛰어넘어 대사간大司諫을 증직하여,

묘소를 빛나게 해 주셨지.

임금님 곁에 사람이 없어,

---

187) 큰 덕과 … 넓도다 : 갑신본甲申本에는 원문 8구 32자가 '결缺'로 처리되어 빠져있다.
188) 선대 임금님 : 선조宣祖를 가리킨다.

남명南冥, **그 학덕**學德**을 그리며**

다 아뢰지를 않았네.

증직한 것이 그 덕德에 맞지 않았고,

시호諡號 또한 내리지 않았다네.

사림士林들의 통탄하는 일이 된 것이,

또한 수십 년이 되었네.

이는 실로 의전적儀典的인 결함이니,

대개 기다리는 바가 있었기 때문이네.

돌아보건대 나는 덕德이 적고,

또 같은 시대에 태어나지 않아 한스럽네.

높은 산처럼 우러르고,

저 세상은 뒤쫓을 수 없네.

여러 선비들이 항의하는 상소를 하기에,

하고 싶은 말을 다하게 하였네.

힘써 도우는 신하가 있어,

백 년 만에 공정한 논의 나왔네.

법도를 붙들어 세우니,

우리 유학의 성대한 일이라.

이에 아름다운 관직189)을 추증追贈하고,

이어 아름다운 시호190) 내린다네.

---

189) 아름다운 관직 : 남명에게 대광보국숭록대부大匡輔國崇祿大夫 의정부의정政
府 영의정領議政 겸 영경연홍문관예문관춘추관관상감사領經筵弘文館藝文
館春秋館觀象監事 세자사世子師를 추증하였다.

190) 아름다운 시호 : 남명에게 문정文貞이라는 시호를 내렸다. 그 시주諡註
에, "도덕이 있고 들은 것이 넓은 것을 문文이라 하고, 도道를 곧게 하
여 꺾이지 않는 것을 정貞이라 한다"라고 되어 있다.

살아 있을 때는 우뚝하여,

공명功名을 떨어진 짚신짝처럼 여겼는데,

서거한 뒤로는 포창하고 숭상하니,

무엇이 뜻대로 됐으며 무엇이 영광인가?

연대가 오래 됐지만 감동하여,

스스로 그칠 수가 없도다.

저 남쪽을 바라보매,

아득히 천리나 되네.

직접 거기 가서 제사지내려고 하나,

그렇게 할 도리가 없도다.

감히 예禮를 담당하는 관원을 보내,

맑은 술을 드린다오.

없어지지 않은 영령英靈은,

강림하시기를 빈다오.

▪國王遣禮曹佐郎安璥 諭祭于卒贈議政府領議政曺植之靈 惟靈 河
岳孕秀 日星降精 凝嚴純粹 正大剛明 壁立萬仞 逈脫塵氛 德兼四科
勇奪三軍 居敬聖功 克致涵養 配義正氣 塞于穹壤 直內方外 充實有
輝 道盡修齊 學造精微 隱非忘世 窮豈潔身 跡雖丘壑 心實君民 格言
至論 前後封章 白駒載縶 丹鳳未翔 則反手間 可鑄虞唐 湯聘徒勤 莘
耕不起 艮蓄陽德 終莫之施 粤惟我東 海外中華 種學談經 固非不多
措之事業 無一庶幾 賢臥烟霞 有何施爲 然民受賜 到于今日 凜然高
風 頑廉懶立 碩德厖賢 傳道有自 社稷是賴 綱常不墜 一緡扶鼎 寔由
誘掖 遺澤不斬 厥利甚博 昔我先王 緇衣好賢 超秩諫長 用賁重泉 左

남명南冥, 그 학덕學德을 그리며

右無人 敷奏未悉 贈不稱德 諡亦有闕 爲士林痛 且數十載 兹實欠典
蓋亦有待 顧予寡德 恨不同時 高山仰止 九原難追 多士抗疏 適啓憒
悱 有臣力贊 百年公議 扶植表章 斯文盛事 酒加徽贈 繼之美諡 生旣
特立 弊屣功名 歿後褒崇 何得何榮 曠世相感 自不能已 瞻彼南服 逖
矣千里 過魯之祀 無因自致 敢走禮官 式陳洞酌 不亡者存 庶斯來格

제2장

만장挽章

1. 만장 …   성대곡成大谷[1]

지금부터 우리 유도儒道 재처럼 싸늘해지리니,
밝은 분 서거하였기에 산이 무너지는 듯 통탄스럽습니다.
구슬피 하늘나라 바라보니 구름이 겹겹이 막혔는데,
신령스런 봉황새는 떠난 뒤 천추토록 돌아오지 않겠지요.

- 吾道從玆寒若灰 哲人亡矣痛山頹 丹霄悵望雲重隔 靈鳳千秋更不廻

---

1) 성대곡成大谷 : 성운成運. 대곡은 그의 호.

2. 또 …   노수신盧守愼[2]

한번 바라보고 대장부인줄 알았나니,
능히 더럽고 인색한 기운 생겨나지 않게 하였습니다.
풍모風貌는 깨끗하여 여타 사람들 존재 없게 만들었고,
논의는 당당하여 노숙한 유학자를 감복시켰습니다.
한 소쿠리 밥과 한 바가지 마실 것으로 산골짝에 사는 몸이
지만,
천지를 돌려 요순堯舜시대로 들어가려는 뜻이 있었습니다.
이 유학이 다시 망하게 됐으니 누가 하소연할 수 있겠습니까?
봄이 저문 서울에서 통곡하는 병든 노씨盧氏랍니다.

▪ 一望知爲大丈夫 能令鄙吝不萌于 風神洒洒空餘子 論議堂堂伏老
儒 身與簞瓢着丘壑 志回天地入唐虞 斯文再喪堪誰愬 春晩皇都哭病
盧

---

2) 노수신盧守愼(1515-1590) : 조선 중기의 문신, 학자. 자는 과회寡悔, 호는 소
   재蘇齋, 본관은 광주光州. 퇴계退溪 이황李滉의 제자. 문과에 급제하여 벼
   슬이 영의정에 이르렀다. 문집 『소재집蘇齋集』이 있다.

남명南冥, 그 학덕學德을 그리며

3. 또 …   정유길鄭惟吉[3]

남명南冥께서 서거하셨다는 말 듣고서,

바람 맞으며 서서 눈물 자국 닦습니다.

천지 사이에 바른 기운이 꺼졌고,

산해정山海亭에 노인성老人星[4] 어둡습니다.

끊어진 학문은 선진先進을 따랐고[5],

바른 말은 지극히 존귀한 임금님 감동시켰습니다.

그 당시 등용되었더라면,

형편없는 세상을 이상적인 세상으로 만들었겠지요.

▪ 聞道南冥逝 臨風拭淚痕 乾坤正氣熄 山海老星昏 絕學從先進 危言動至尊 當年如見用 糠粃鑄羲軒

---

3) 정유길鄭惟吉(1515-1588) : 조선 중기의 문신. 자는 길원吉元, 호는 임당林塘,
   본관은 동래. 문과에 급제하여 벼슬이 좌의정에 이르렀다. 문집『임당유
   고林塘遺稿』가 남아 있다.
4) 노인성老人星 : 노인의 수명을 주관하는 별. 일명 남극성南極星이라고도
   한다.
5) 선진先進을 따랐고 :『논어』「선진편先進篇」에 이런 내용이 실려 있다. 공
   자께서, "세상 사람들이 '선배들이 예법과 음악에 있어서 시골 사람 같
   고, 후진들은 예법과 음악에 있어서 어진 사대부답다'고 한다. 내가 만
   약 예법과 음악을 사용한다면, 나는 선배들을 따르겠다.[先進, 於禮樂, 野
   人也. 後進, 於禮樂, 君子也. 如用之, 則吾從先進.]"라고 하셨다. 공자는 번지르
   한 것보다 질박한 것을 선택하려는 태도를 취했다.

4. 또 ···   박순朴淳[6]

우뚝한 절조節操는 원래 옛사람 쫓았고,

텅 빈 마음은 절로 비교할 이 적었습니다.

곧게 우뚝 솟아 천 길이였고,

백번 단련하여 강직하고 참됨을 쌓았습니다.

주춧돌처럼 재주 비록 컸지만,

풍진 세상에서 일은 더욱 막혔습니다.

홀로 검은 표범[7]을 따라 숨어 지내며,

푸른 댕댕이넝쿨 자라는 봄 몇 번이나 지났던가요?

도道 지키는 마음은 길이 편안했고,

시대를 바로잡는 방법은 펼쳐 보지 못했습니다.

하늘과 땅 사이에 바른 기운 거두었고,

무덤 구덩이에는 고매한 인물 묻었습니다.

신선 사는 골짜기[8]엔 쓰러져가는 집 남아 있고,

치제문致祭文은 대궐에서 내려 왔습니다.

백성들은 공연히 희망만 가졌었고,

뜻 있는 선비들은 마침내 눈물이 수건 적십니다.

선생의 자취 감춘 산에는 꽃이 저물고,

---

6) 박순朴淳(1523-1589) : 조선 중기의 문신, 학자. 자는 화숙和叔, 호는 사암思庵, 본관은 충주. 문과에 급제하여 벼슬이 영의정에 이르렀다. 퇴계退溪 이황李滉의 제자다. 문집『사암집思庵集』이 있다.

7) 검은 표범 : 재주를 가졌으나 때를 만나지 못하여 숨어 사는 사람을 비유하였다.

8) 신선 사는 골짜기 : 지리산智異山 동쪽 발치 덕산德山을 가리킨다.

남명南冥, 그 학덕學德을 그리며

혼魂이 남아 있는 언덕엔 풀만 새롭습니다.

흰 구름 끼어 있는 오솔길에서,

누가 다시 맑은 자취 잇겠습니까?

▪峻節元追古 沖襟自寡倫 千尋看直聳 百鍊蘊剛眞 柱石才雖大 風
塵事更屯 獨隨玄豹隱 幾換綠蘿春 守道心長逸 匡時術未陳 乾坤收
正氣 泉壤閉高人 破屋留丹洞 哀辭下紫宸 蒼生空有望 志士竟沾巾
舊迹山花晚 遺魂壟草新 凄涼白雲逕 誰復繼淸塵

5. 또 …

이순인李純仁[9]

소강절邵康節[10]이 부름을 사양하던 날이요,
문공文公[11]이 돈괘遯卦를 만나던 때였습니다.
공부하는 과정은 오직 경敬과 의義였고,
마음 속에는 경륜經綸을 갖추고 계셨습니다.
악을 미워하는 강직한 마음 간직하셨고,
시대를 걱정하여 자주 늘그막에 눈물 흘리셨습니다.
하늘이 치국治國 평천하平天下에 뜻 없으니,
우리 동쪽 나라 백성들이 복이 없는 것이군요.

---

9) 이순인李純仁(1543~1592) : 조선 중기의 문신. 자는 백생伯生, 호는 고담孤潭, 본관은 전의全義, 서울에서 생장했다. 남명南冥과 퇴계退溪 이황李滉의 제자. 문과에 급제하여 벼슬이 도승지都承旨에 이르렀다. 문집『고담집孤潭集』이 남아 있다.

10) 소자邵子 : 송宋나라의 학자인 소옹邵雍. 소자는 극존칭. 자는 요부堯夫, 호는 안락선생安樂先生, 또는 이천옹伊川翁, 시호는 강절康節. 황제가 여러 차례 벼슬로 불렀지만, 한 번도 나가지 않고 농사지으며 살았다. 문집『이천격양집伊川擊壤集』과『황극경세서皇極經世書』등의 저서가 남아 있다. 여기서는 '남명이 한 평생 소강절처럼 임금이 불러도 벼슬하지 않고 지냈다'는 뜻이다.

11) 문공文公 : 송宋나라의 대학자 주희朱熹의 시호. 흔히 높여서 주자朱子라 일컫는다. 자는 원회元晦, 또는 중회仲晦, 호는 회암晦庵, 벼슬은 환장각煥章閣 대제待制를 지냈다. 19세에 과거에 급제하여 벼슬에 나갔지만, 70평생에 관직에 있은 것은 8년 정도 밖에 안 되고, 평생 강학과 저술에 정력을 쏟았다. 송나라 성리학을 집대성하였다. 저서로는『사서집주四書集注』,『이락연원록伊洛淵源錄』,『통감강목通鑑綱目』과 문집『주자대전朱子大全』, 어록인『주자어류朱子語類』등이 있다. 여기서는 '남명이 주자처럼 숨어 지냈다'는 뜻이다.

남명南冥, 그 학덕學德을 그리며

물가 대나무 우거진 곳은 연평延平[12)의 집이고,

용문龍門[13)에서 풍모를 보고 절을 올렸습니다.

멀리서 왔다고 고생스런 뜻 가엾게 여기셨고,

가슴을 열어 친근한 정을 보여주셨습니다.

영남嶺南의 나무는 도리어 천리나 되고,

강가의 꽃은 몇 번이나 봄을 지났는지요?

다시 도道를 물을 길이 없게 되었는데,

홀로 서 있으니, 두 배나 마음 상합니다.

산이 무너졌어도 극도의 슬픔은 아니지만,

나라에는 다시 사람이 없는 게 큰 일입니다.

벼슬에 나가느냐 집에 있느냐 할 때 밭가는 농부를 생각하였고,

학문 연원淵源은 정자程子[14)와 주자朱子 거슬러 올라갔습니다.

---

12) 연평延平 : 송宋나라의 학자인 이통李侗. 자는 원중愿中, 세상에서 연평선
생延平先生이라고 높여 불렀다. 정자程子의 재전제자인 나종언羅從彥의
제자로, 주자의 스승으로서 정자의 학문을 주자에게 이어주었다. 평생
벼슬하지 않고 학문연구에 몰두하였다. 주자와의 문답을 주자가 정리한
『연평답문延平答問』이 남아 있다. 여기서는 '남명이 살던 집이 벼슬하지
않고 초야에 묻혀 살던 연평의 집과 비슷하다'는 뜻이다.
13) 용문龍門 : 낙양洛陽의 서남쪽에 있는 산 이름. 보통 정자程子에 대한 대
칭代稱을 쓰이는데, 여기서는 남명을 가리킨다.
14) 정자程子 : 송宋나라의 학자 정호程顥와 정이程頤 형제에 대한 존칭. 정호
는 자가 백순伯淳, 세상에서 명도선생明道先生이라 높여 불렀다. 벼슬은
종정승宗正丞에 이르렀다. 염계濂溪 주돈이周敦頤의 제자, 그의 저서는 아
우 정이程頤의 것과 합쳐서 『이정전서二程全書』에 다 수록되어 있다. 정
이는 자가 정숙正叔, 주돈이의 제자, 세상에서 이천선생伊川先生이라고
높여 불렀다. 벼슬은 숭정전崇政殿 설서說書를 지냈다. 형 정호과 함께
성리학의 기초를 닦은 사람이다. 그의 저서는 형의 저서와 함께 『이정

숙손무숙叔孫武叔 같은 사람이 괜히 헐뜯으려 했고,
장문중臧文仲15) 같은 사람이 어찌 참되게 알겠습니까?
도道를 책임졌으면서도 구름 낀 산림山林에서 늙어갔는데,
한 평생 자신을 굽히지 않으셨습니다.

• 邵子辭徵日 文公遇遯辰 工程惟敬義 方寸具經綸 嫉惡剛腸在 憂時老涕頻 平治天未欲 無祿此東民

• 水竹延平舍 龍門拜下塵 遠來憐志苦 開抱見情親 嶺樹還千里 江花度幾春 無由再問道 獨立倍傷神

• 山頹悲不極 邦國更無人 出處懷耕黎 淵源泝洛閩 叔孫空欲毁 文仲豈知眞 任道雲林暮 平生未枉身

전서』에 다 수록되어 있다.
15) 장문중臧文仲 : 장문중은 노魯나라의 대부大夫인데, 유하혜柳下惠라는 사람이 어진 줄을 알면서도 그에게 벼슬을 주지 않았다. 여기서는 남명을 진정으로 알아보는 사람이 없었다는 뜻이다.

남명南冥, 그 학덕學德을 그리며

6. 또 …   양응정梁應鼎[16]

'재주 있는 사람 얻기 어렵다'는 말은 옛말[17]이 되었고,
간혹 있을 수 있는 정기精氣로 어진이 탄생시켰습니다.
맑은 놀 바깥에서 곧은 절개 지켰고,
임금님에게 그 이름을 떨치셨습니다.
병환으로 끝내 세상에 남겨지지 못했는데,
영예로운 증직贈職은 전에 없던 바입니다.
길이 남아 존재하는 것이 있는 줄 아나니,
숨어사는 선비의 형세가 하늘을 받칩니다.

▪ 才難爲古語 間氣乃生賢 抗節靑霞外 揚名白日邊 沈痾終不愁 榮
贈此無前 覺有長存者 西山勢柱天

---

16) 양응정梁應鼎(1519-1581) : 조선 중기의 문신. 자는 공섭公燮, 호는 송천松川,
   본관은 제주濟州. 문과에 급제하여 벼슬이 대사성大司成에 이르렀다. 문
   집 『송천집松川集』이 남아 있다. 1560년 이후 진주목사晋州牧使를 지낸
   적이 있다.
17) 옛말 : 『논어論語』「태백편泰伯篇」에 나오는 말이다.

7. 또 …   김우굉金宇宏[18)

바다와 산악의 정기에 해와 별의 빛이라,
큰 선비로 임금님 보좌하기에 꼭 합당하였습니다.
누가 알았겠습니까? 힘쓰는 것은 존양存養과 성찰일 줄을,
마음 곧게 하고 행실 반듯하게 하는 데 가장 효과 거두었습니다.
기절氣節로 공公을 칭송하는 건 오히려 우스운 일이요,
재주로 학문 논하는 것은 단지 마음 상하게 한답니다.
손해 되는 바가 무언지는 모르지만 유익한 건 무엇인지 아나니,
멀리 서거를 애도하는 글 지어 보내니 눈물이 옷에 가득합니다.

▪海嶽之精日宿光 大儒端合佐皇王 誰知着力唯存省 最是收功在直
方 氣節稱公猶可笑 才華論學祗堪傷 不知何損知何益 遙寄哀詞淚滿
裳

---

18) 김우굉金宇宏(1524-1590) : 조선 중기의 문신. 자는 경부敬夫, 호는 개암開巖,
    본관은 의성義城, 동강東岡 김우옹金宇顒의 형이다. 경북 성주星州 출신.
    남명南冥과 퇴계退溪 이황李滉의 제자. 문과에 급제하여 벼슬이 대사간大
    司諫에 이르렀다. 문집 『개암집開巖集』이 있다.

남명南冥, 그 학덕學德을 그리며

한 소쿠리 밥과 한 바가지 마실 것으로 숨어 지내며 즐겼지만,
시대를 걱정하여 아뢰는 글은 위태로웠습니다.
구름 낀 수풀은 정말 저버리지 않았고,
행동은 본래 얽매이지 않았습니다.
산해정山海亭은 깊이 잠겨 지내는 곳이고,
산천재山天齋에 숨어서 수양하던 때입니다.
한 평생 학업을 닦던 곳으로,
고개 돌려보니 눈물이 줄줄 흐른답니다.

반평생 얼마나 헛되어 보냈던가 생각하니,
쓸쓸한 산에서 땀에 등이 젖습니다[19].
예禮를 따라 처신하도록 면려하신 뜻 절실하고,
금이나 옥 같은 가르침은 엄격하셨습니다.
서울은 젊은 날에 떠나셨고[20],
용문龍門[21]에서는 감개가 깊습니다.
해질녘에 무덤 봉분封墳을 만드는데,

---

19) 쓸쓸한 … 젖습니다 : 남명南冥의 묘소를 찾아가 가르쳐 준 대로 따르지
　　 못하여, 부끄러워 땀이 난다는 뜻이다.
20) 젊은 날에 떠나셨고 : 남명은 벼슬하던 부친을 따라 젊은 시절 서울서
　　 살다가, 1526년 26세 때 부친상을 당하여 영구를 모시고 고향 삼가三嘉
　　 로 돌아와 시묘살이하였다. 그 이후로는 66세 때 단 한 번 서울에 간 적
　　 이 있다.
21) 용문龍門 : 본래 정자程子나 소강절邵康節이 독서, 강학하던 곳. 여기서는
　　 남명이 독서, 강학하던 곳을 가리킨다.

다시 어느 곳에서 우러러보며 의지하겠습니까?

• 遯世簞瓢樂 憂時奏對危 雲林眞不負 行止本無羈 海室尸淵處 山齋晦養時 平生修業地 回首淚漣洏

• 半世幾虛過 蕭山背汗沾 雷天勉勵切 金玉訓謨嚴 洛下鳥頭去 龍門感慨添 斜陽封馬鬣 何處更依瞻

남명南冥, **그 학덕**學德을 **그리며**

9. 또 …   노진盧禛

옳은 기운은 하늘의 북두칠성이 가로 비낀 듯하고,[22]
마음으로는 요순堯舜의 시대로 만들 것 기약했습니다.
벼슬자리를 원래 해진 짚신처럼 생각했지만,
맑은 조정 위해서 임금님 만나뵈었습니다.
그 당시에 하고자 하는 일 못했지만,
명성은 백세百世토록 멀리 전해질 것입니다.
집 앞의 방장산方丈山 : 智異山은,
여전히 구름 낀 하늘에 솟아 있습니다.

몸은 원래 산골짜기에 묻혀 있었지만,
맑은 기풍氣風은 온 세상에서 흠앙欽仰했습니다.
슬퍼하는 마음은 상고대에 놀랬고,
모여 통곡하니 유림儒林을 진동시킵니다.
골짜기에는 근심스런 구름 속의 달빛이요,
책상머리엔 칼과 거문고 남겨 두셨습니다.
지금부터 살천薩川[23] 가의 길은,

---

22) 북두칠성이 가로 비낀 듯하고 : 날이 샐 때쯤 해서 북두칠성의 자루가
   가로 놓인다. 날이 샐 때를 말하는데, 여기서는 '세상을 밝힌다'는 뜻
   이다.
23) 살천薩川 : 남강南江의 상류인 덕천강德川江이다. 창주滄洲 하징河憕이 지
   은 「덕천서원중건기德川書院重建記」에, "1573년 겨울, 목사 구변具忭과 함
   께 마땅한 장소를 둘러보다가, 드디어 구곡봉九曲峰 아래 살천薩川가로
   정하였는데 산천재와 마주 보이는 곳이었다."라는 기록이 있다.

선생께서는 떠나셨으니 누가 다시 찾겠습니까?

▪義氣橫星斗 心期到姒姚 簪纓元弊屣 登對爲淸朝 事業當年沒 風
聲百世遙 屋前方丈在 依舊聳雲霄

▪身世元丘壑 淸風一代欽 傷心驚木稼 合哭動儒林 谷裏愁雲月 床
頭委劍琴 從今薩水路 人去更誰尋

남명南冥, 그 학덕學德을 그리며

10. 또 ···   오건吳健

높은 지절志節은 사람들이 다투어 우러러봤고,
특이한 공부는 사람들이 엿볼 수 없었습니다.
호랑이 가죽 자리 걷어치우는 용기[24]가 있었고,
진흙으로 빚어 만든 상像처럼 고요히 생각하셨습니다.
오묘하게 깨달아 천기天機를 잘 아셨고,
선비들 학문 잘못됐음을 길이 탄식하셨습니다.
가정의 물 뿌리고 비질하는 가르침에서,
참되게 옛사람의 법도를 얻었습니다.

▪ 峻節人爭仰 奇功衆莫窺 皐比撤來勇 泥塑靜中思 妙契天機熟 長
嗟士學非 家庭灑掃訓 眞得古人規

---

24) 호랑이 ··· 용기 : 송宋나라 학자 횡거橫渠 장재張載가 젊은 시절 학자로
　　자처하여 호랑이 가죽 자리를 깔고 역학易學에 대해서 강의하였다. 정자
　　程子 형제가 가서 듣고는 역학에 대해서 토론했는데, 횡거는 "내가 미칠
　　바가 아니다. 내가 스승으로 삼고 배워야 하겠다"라고 말하고는, 바로
　　호랑이 가죽 자리를 철거해 버렸다. 여기서는 '남명南冥이 지위의 고하
　　를 따지지 않고, 배울 만한 사람이 있으면 배우려 했다'는 겸허한 학문
　　정신을 이야기한 것이다.

11. 또 ···   정탁鄭琢[25]

우러러 흠모欽慕하는 조부자曹夫子[26]시여,

산림山林에 살지만 도道는 절로 높았습니다.

임금님께서 초빙하는 폐백 세 번이나 사양하였고,

한 소쿠리 밥과 한 바가지 마실 것으로 사는 생활 변치 않았습니다.

엄자릉嚴子陵의 절개를 붙들어 일으키셨고,

다스려 편안하게 만드는 대책은 가태부賈太傅[27]와 같았습니다.

두류산頭流山이 만 길 높이 솟아,

천추의 전형典型으로 남아 있습니다.

• 景仰曹夫子 林居道自尊 終辭三聘幣 不改一簞殘 扶起嚴陵節 治
安賈傅言 頭流萬仞立 千載典刑存

---

25) 정탁鄭琢(1526-1605) : 조선 중기의 문신. 자는 자정子精, 호는 약포藥圃, 본
    관은 청주淸州. 퇴계退溪 이황李滉과 남명南冥의 제자이다. 문과에 급제하
    여 좌의정을 지냈다. 문집 『약포집藥圃集』이 남아 있다. 남명 재세시에
    진주 향교 교수로 부임한 적이 있었다.
26) 조부자曹夫子 : 남명을 극도로 높인 칭호다.
27) 가태부賈太傅 : 전한前漢 때 장사왕長沙王의 태부太傅를 지낸 가의賈誼. 어
    릴 때부터 재주가 출중하여 20세 때 문제文帝가 불러 박사博士로 임명했
    다. 너무 자주 상소하여 폐단을 이야기했으므로 대신들의 미움을 사 장
    사왕長沙王의 태부로 나갔다가 다시 양회왕梁會王의 태부로 옮겼는데, 자
    신의 불우함을 탄식하다가 33세 때 죽었다. 문집 『가장사집賈長沙集』과
    『신어新語』가 남아 있다.

146
남명南冥, 그 학덕學德을 그리며

12. 또 ···   　　　　　김효원金孝元[28]

옛날 어느 날 밤을 뒤쫓아 생각해 보니,
어리석은 저가 선생님을 모셨습니다.
타일러 지도하여 길을 잘못 든 것 돌려주시어,
가르침을 가득 듣고서 돌아왔습니다.
사람과 글이 이제 이미 끝났으니,
우리 유도儒道는 결국 누구를 의지해야 하겠습니까?
달려가 통곡하나 도리어 길이 없으니,
봄바람에 눈물이 마르지 않습니다.

· 追惟昔年夜　愚魯近光輝　誘掖回迷走　充盈見實歸　人文今已矣　吾
道竟何依　奔哭還無路　春風淚不晞

---

28) 김효원金孝元(1532-1590) : 조선 중기의 문신. 자는 인백仁伯, 호는 성암省庵,
본관은 선산善山. 남명南冥과 퇴계退溪 이황李滉의 제자. 문과에 급제하여
부사府使를 지냈다. 문집『성암집省庵集』이 남아 있다. 심의겸沈義謙과 함
께 동서분당東西分黨의 실마리를 만든 인물이다.

13. 또 …   김희년金禧年[29]

먼저 우옹愚翁[30]과 자함子誠[31]을 알고서,

늘 부자夫子를 그리며 산처럼 우러러 보았습니다.

뇌룡사雷龍舍에서 처음 만나 웃었고,

저도楮島[32]의 강가에서 또 실컷 이야기했습니다.

못난 저가 감히 친구로 허락해 주는 것 감당하겠습니까?

귀의함에 다행히 제자와 스승 관계 엄격하였습니다.

요즈음 선생을 남겨두지 않으니, 하늘이 얼마나 가혹한가?

우리 유도儒道가 다시는 남쪽에 없겠습니다.

분성盆城[33]으로 가다가 우연히 들렀었고,

---

29) 김희년金禧年 : 조선 중기의 문신. 자는 경로慶老, 본관은 김해金海, 서울에 살았다. 1534년 진사에 급제하여 벼슬은 통훈대부通訓大夫 사도시정司䆃寺正에 이르렀다. 기유본己酉本 『남명집南冥集』과 갑신본甲申本 등에는 '희僖'자로 되어 있으나, 『사마방목司馬榜目』에 '희禧'자로 되어 있어 그대로 따랐다.

30) 우옹愚翁(1504-1559) : 조선 중기의 선비 이희안李希顔의 자. 호는 황강黃江, 본관은 합천陜川으로 초계草溪에 살았다. 모재慕齋 김안국金安國의 제자. 남명의 절친한 친구로 남명이 그의 묘갈명을 지었다. 1554년 유일遺逸로 천거를 받아 고령현감高靈縣監을 잠시 지낸 적이 있다. 그에 관한 기록을 모은 『황강실기黃江實紀』가 있다.

31) 자함子誠(1499-1562) : 조선 중기의 선비 신계성申季誠의 자. 호는 송계松溪, 본관은 평산平山, 밀양에서 평생 벼슬하지 않고 지냈다. 남명南冥과 절친하여 남명이 그의 묘갈명을 지었다. 그에 관한 기록을 모은 『송계실기松溪實紀』가 있다.

32) 저도楮島 : 경남 사천시泗川市 삼천포三千浦 앞 바다에 있는 섬 이름.

33) 분성盆城 : 경남 김해金海의 별칭.

148

남명南冥, 그 학덕學德을 그리며

의춘宜春34)의 하룻밤 웃고 즐긴 일 많았습니다.
초야에 묻혀 산 한평생의 기상氣像 알고자 하니,
그 당시 취했을 때의 노래를 들었으면 합니다.

▪先識愚翁與子誠 長懷夫子擬山瞻 雷龍舍裏初迎笑 楮島江邊又劇
談 薄劣敢當朋友許 依歸還幸弟師嚴 邇來不憖天何酷 無復吾儒道在
南

▪路指盆城偶見過 宜春一夜笑歡多 欲知湖海平生氣 想聽當時醉後
歌

14. 또 …
김극일金克一35)

남쪽 지방의 하늘 받치던 기둥 기울었기에,
동쪽 나라에서는 선비들이 울고 있습니다.
나라 걱정하는 뜻은 구슬펐고,
항의하는 상소 격렬하고 간절했습니다.
게으른 사람 일으켜 세우는 것이 정치였고,
무너진 것 붙드는 것은 어찌 지금 뿐이겠습니까?
평생 갖고 계시던 옛날 칼 한 자루는,
비바람 속에서 용의 울음 소리 도운답니다36).

· 南紀傾天柱 東方泣士林 凄凉憂國意 激切抗章心 立懶斯爲政 扶
顚豈但今 平生一古劍 風雨助龍吟

---

35) 김극일金克一(1522-1585) : 조선 중기의 문신. 자는 백순伯純, 호는 약봉藥峯,
   본관은 의성義城. 학봉鶴峯 김성일金誠一의 맏형. 퇴계退溪 이황李滉의 제
   자. 문과에 급제하여 벼슬은 성균관成均館 사성司成을 지냈다. 문집『약
   봉집藥峯集』이 남아 있다.
36) 용의 … 도운답니다 : 중국 고대의 좋은 칼 가운데 '용천검龍泉劍'이라는
   칼이 있으므로 칼을 용과 연관을 시킨 것이다. 칼의 소리가 비장悲壯하
   다는 뜻이다.

남명南冥, 그 **학덕**學德을 그리며

옥 병에 넣은 가을 물인양 마음이 밝았나니,

이리저리 변하는 퇴폐한 세속 홀로 물리쳤습니다.

구름 낀 수풀 속에서 흰 머리 되도록 벗이 없었고,

조그만 서재에서 책과 칼로 지내는 생애였습니다.

나라의 운명 붙들어 유지한 공[38] 누가 상줄 것인지?

일으켜 은殷나라 장마 삼는 일은 이미 어긋났습니다.

절벽 같이 우뚝한 고매한 풍모 어떻게 하면 꿈속에 들어오는
지?

깊은 밤 게인 하늘에 달 밝을 때 빈 섬돌에서 절하고자 합니
다.

지난 해[39] 퇴계退溪 노인의 서거에 통곡했는데,

올해는 남명의 서거에 통곡합니다.

도道를 잃었으니 저는 어디에 의지하겠습니까?

하늘이 높아 여쭈어도 대답 들을 수가 없습니다.

지리산智異山에서 산맥이 다했고,

---

37) 이산해李山海(1539-1609) : 조선 중기의 문신. 자는 여수汝受, 호는 아계鵝溪,
　　본관은 한산韓山. 문과에 급제하여 벼슬이 영의정에 이르렀다. 문집『아
　　계집鵝溪集』이 남아 있다.

38) 나라의 운명 붙들어 유지한 공 : 남명南冥이 직접 벼슬에 나가 정치를
　　한 것은 아니지만, 교육을 통해서 선비들을 길렀으므로 이런 표현을 쓴
　　것이다.

39) 지난 해 : 1570년 음력 12월 8일에 퇴계가 서거하였다.

소미성少微星에 정기 얇습니다.

한강漢江 배위에서 하직한 뒤로,

죽음과 삶이 갈라질 줄 누가 알았으리오?

▪玉壺秋水炯心懷 流俗頹波獨自排 白首雲林無伴侶 小齋書劍是生涯 絲扶漢鼎功誰賞 起作商霖事已乖 壁立高標那入夢 夜深晴月拜空階

▪往年哭退老 今歲哭南冥 道喪吾何托 天高問莫聆 山窮智異脈 星薄小微精 漢水舟中別 誰知隔死生

남명南冥, 그 **학덕**學德을 그리며

하늘이 뛰어난 인물 낳아,
우리 동쪽 나라에 은혜 내렸습니다.
우주 사이에서 뜻이 커서,
용감하게 옛날 사람 따라가셨습니다.
일찍이 과거시험을 포기하고서,
거리낌 없이 멀리 날으셨습니다.
부귀를 뜬 구름 같이 보았고,
도道의 맛은 깊고도 길었습니다.
충실함과 신의로써 바탕을 삼았고,
경敬과 의義로써 학문을 삼으셨습니다.
식견은 뛰어나서 멀리 갔고,
기풍氣風과 지절志節은 우뚝하셨습니다.
나아가 세상에 쓰이지 못하자,
물러나 후세에 전해 주셨습니다.
우리 도道가 이미 끝났나니,
저가 또 누구를 탓하겠습니까?
두류산頭流山은 만 겹으로,
산은 높고 물은 맑습니다.
몇 년이나 아끼고 감추어두었다가,
오늘을 기다렸는지요?
살아 계시는 동안 이치를 따랐기에,
돌아가서도 편안하실 것입니다.

상서로운 구름과 기운이,

천 년이나 만 년 뻗어갈 것입니다.

호랑이나 표범이 멀리가고,

이무기도 자취를 감추었습니다[40].

귀신이 보호하고 도와주니,

땔나무군과 목동들도 놀라지 않습니다.

저가 상여줄을 잡으니,

평생의 일이 느껴 생각납니다.

저 세상에서 다시 살려올 수 없으니,

다시 누구를 본받겠습니까?

의문이 나도 물을 곳이 없고,

잘못 있어도 나무라지 않을 것입니다.

이 신세가 구슬프나니,

담장에 얼굴 대고 서 있는 것 면하지 못합니다.

저의 글이 되지 않는 것 부끄러운데,

시詩도 이루어지지 않습니다.

만사挽詞로 슬픔 더하지만,

어찌 심정을 다 말하겠습니까?

· 天生豪傑兮 惠我東土 志大宇宙兮 勇邁前古 早謝場屋兮 浩然高
翔 富貴浮雲兮 道味深長 忠信爲質兮 敬義爲學 見識超邁兮 風節卓
犖 進不用世兮 退不傳後 吾道已矣兮 吾又誰咎 萬疊頭流兮 山高水
潔 幾年慳秘兮 有待今日 生於焉順兮 沒於焉寧 祥雲瑞氣兮 萬世千

40) 호랑이나 ⋯ 감추었습니다 : 좋지 않은 사람들이 사라진 것을 말한다.

남명南冥, 그 학덕學德을 그리며

齡 虎豹遠跡兮 蛟龍遁藏 神物保佑兮 樵牧不驚 小子執紼兮 感念平生 九原不作兮 誰復儀刑 有疑莫質兮 有過莫督 悵此身世兮 未免墻壁 愧我不文兮 詩又不成 詞以助哀兮 詎盡心情

남쪽 고을에서 또 공公을 잃었다는 소식 들으니,
두류산頭流山 만 골짜기 한꺼번에 비겠구려.
하늘의 마음은 우리 유학의 재앙 그치게 하려 하지 않으니,
이 도道가 궁해지는 것을 길이 슬퍼한답니다.
산해정山海亭에는 지금 밤중의 달만 남아 있고,
뇌룡사雷龍舍에서 다시 봄바람 맞을 수가 없겠습니다.
천리 밖에 몸이 묶여 있어 달려가기 어려워서,
흰 머리로 만사挽詞 봉해서 보내니 평소 마음에 부끄럽습니다.

• 聞說南州又失公 頭流萬壑一時空 天心不悔斯文禍 士林長悲此道
窮 山海秖今留夜月 雷龍無復襲春風 身縻千里難奔走 白首緘辭愧素
衷

---

41) 배삼익裵三益(1534-1588) : 조선 중기의 문신. 자는 여우汝友, 호는 임연재臨
淵齋, 본관은 홍해興海, 안동安東에 살았다. 퇴계退溪 이황李滉의 제자. 문
과에 급제하여 관찰사를 지냈다. 문집『임연재집臨淵齋集』이 남아 있다.

남명南冥, 그 **학덕**學德을 그리며

18. 또 …   유대수兪大脩[42]

시대와 맞지 않아서,
산속에 집을 지었습니다.
휘바람 불며 천지 좁은 줄 알았고,
근심스럽게 세월 다 가는 것 보았습니다.
요순堯舜시대 같은 옛 도道를 생각하고,
수사洙泗[43]의 남긴 기풍氣風 일으키려 했습니다.
완고한 사람 청렴하게 만드는 백대에 남을 지절志節로,
해동海東에 높은 이름이 가득합니다.

• 與時不自適 結屋在山中 嘯覺乾坤小 愁看歲月窮 唐虞思古道 洙
泗起遺風 百代廉頑節 高名滿海東

---

42) 유대수兪大脩(1546-1586) : 조선 중기의 문신. 자는 사영思永, 본관은 기계杞
   溪. 퇴계의 제자. 문과에 올라 벼슬은 부사府使에 이르렀다. 경상도慶尙道
   도사都事를 지낸 적이 있다.
43) 수사洙泗 : 공자孔子의 고향 노魯나라 곡부曲阜 주위에 흐르는 두 강 이름
   인 수수洙水와 사수泗水. 공자의 학문 및 공맹孔孟의 학문, 유학儒學의 뜻
   으로 쓰인다.

19. 또 ...   임갈천林葛川[44]

세상의 도덕 돌이키는 것이 그대의 일이었으니,
산림山林에서 거저 쓸쓸하게 살 건 아니었다네.
만약 옛사람을 가지고 차례로 논한다면,
천년 전 동강桐江에 살던 사람[45]과 어떠한지 묻고 싶소.

• 挽回世道吾君事　非是山林謾索居　若把古人論次第　桐江千載問何如

---

44) 임갈천林葛川(1500-1580) : 조선 중기의 학자인 임훈林薰. 갈천葛川은 그의
호, 자는 중성仲成, 본관은 은진恩津. 추천을 받아 벼슬에 나가 광주목사
光州牧使 등직을 지냈다. 효행으로 이름났다. 남명이 그의 집을 두 번 방
문한 적이 있었다. 문집 『갈천집葛川集』이 있다.
45) 동강桐江에 살던 사람 : 후한後漢의 은자 엄광嚴光을 가리킨다. 그가 은거
하던 곳이 절강성浙江省 동강이었다.

남명南冥, 그 학덕學德을 그리며

박계현朴啓賢[46]

바야흐로 도의가 즐거운 줄 아셨기에,

풍진세상에서 벼슬에 나아가지 않으셨습니다.

바른 말로 임금님을 감동시켰고,

권간權奸들 간담 매우 서늘하게 만드셨습니다.

두 종류의 완성된 책[47]이 있으니,

안목 갖춘 사람은 천추토록 보겠지요.

천지 사이의 기강이 흔들려 떨어지니,

늙은이 눈물이 더욱 줄줄 흘러내립니다.

하늘 위에는 별빛이 줄었고,

인간세상엔 마룻대 부러졌습니다.

세상 다스릴 일에 마음 두었고,

시대 구제할 인재로 촉망받았습니다.

지난 날 어진이 모시는 수레 갖고 갔던 사람[48]인데,

지금은 술을 가져와 올리며 슬퍼한답니다.

한번 많은 선비들을 위해서 애통해 해야 하리니,

---

46) 박계현朴啓賢(1524-1580) : 조선 중기의 문신. 자는 군옥君沃, 호는 관원灌園. 문과에 급제하여 호조판서를 지냈다. 1567년에 경상도 관찰사로 부임하였다. 『밀산세고密山世稿』를 편찬하였다.

47) 두 종류의 완성된 책 : 남명南冥의 문집인 『남명집南冥集』과 독서하다가 중요한 내용을 적어 모은 것을 제자들이 『근사록近思錄』 체재로 편집한 『학기유편學記類編』이 있다.

48) 어진이 … 사람 : 박계현이 1567년부터 경상도 관찰사로 있으면서 남명을 부르려는 선조宣祖의 명령을 여러 차례 전달하였다.

감히 저 개인의 슬픔으로 통곡하지 못하겠습니다.

• 道義方知樂　風塵不拜官　危言動聖主　寒膽死權奸　兩部成書在　千秋具眼看　飄零天地紀　衰淚重汍瀾

• 天上星光滅　人間樑木摧　存心經世務　屬望濟時才　舊日蒲輪客　今悲絮酒杯　一爲多士痛　不敢哭吾哀

남명南冥, 그 학덕學德을 그리며

21. 또 …

김언린金彦麟[49]

부자夫子께서 산해정山海亭에 계셨지만,
뛰어난 명성은 대궐에까지 들어갔습니다.
말 사천 마리[50]도 지푸라기처럼 가볍게 여겼고,
안자顔子처럼 가난하게 사는 바가지 하나에 즐거움 맡겼습니다.
천지를 닫았다 열었다 변화시킬 능력이 있었고,
경륜經綸을 펼칠 세월은 아득하기만 했습니다.
남쪽 지방에는 도道를 이미 잃었으니,
어느 곳에서 신선의 수레를 잡을 수 있겠습니까?

▪夫子居山海 英聲徹九霄 芥輕千駟馬 樂任一顔瓢 闔闢乾坤在 經
綸歲月遙 其南道已喪 何處挽仙軺

---

49) 김언린金彦麟 : 본관은 경주慶州, 절충장군折衝將軍 사과司果를 지냈다.
50) 말 사천 마리 : 『논어論語』「계씨편季氏篇에, 공자孔子께서, "제齊나라 경
    공景公에게 말이 사천 필이 있었지만, 그가 죽는 날 백성들이 그를 두고
    일컬을 만한 덕이 없었다"라고 한 말씀이 있다.

군자가 세상에 있으면,
사람들이 의지하기를 산 같이 한답니다.
선생께서 문득 가시니,
후학들은 다시 누구를 붙들겠습니까?
선생의 명성이 자자한 곳은,
분명하게 깨우쳐 주던 장소입니다.
아아! 지금은 이미 끝났으니,
어떻게 눈물 흘리지 않을 수 있겠습니까?

▪ 君子存於世　人情若倚山　先生奄忽逝　後學更誰攀　落落風聲地　明明警覺關　祗今嗟已矣　烏得不潸潸

---

51) 허엽許曄(1517-1580) : 조선 중기의 문신. 자는 태휘太輝, 호는 초당草堂, 본
　　관은 양천陽川. 화담花潭 서경덕徐敬德, 퇴계 이황의 제자. 문과에 급제하
　　여 관찰사에 이르렀다. 문집 『초당집草堂集』이 남아 있다.

남명南冥, 그 학덕學德을 그리며

허봉許篈⁵²⁾

일찍이 도산陶山⁵³⁾의 슬픔을 안았는데,

또 징군徵君⁵⁴⁾을 떠나보내게 되었습니다.

나라를 걱정하는 충성스런 마음이었고,

허연 머리 되도록 은자의 생활을 했습니다.

사람들은 바라보고 높은 산처럼 추앙하였는데,

하늘의 별 가운데 소미성少微星이 떨어졌습니다.

마음을 아프게 하는 그리워하는 눈물을,

다시 영남嶺南을 향해 뿌린답니다.

· 曾抱陶山慟 徵君又我違 丹衷憂國意 白首製荷衣 人望推喬嶽 天
星落小微 傷心羊季淚 復向嶺南揮

---

52) 허봉許篈(1551-1588) : 조선 중기의 문신. 자는 미숙美叔, 호는 하곡荷谷, 본
  관은 양천陽川, 허엽許曄의 아들, 퇴계 이황의 제자. 문과에 급제하여 벼
  슬은 부사府使를 지냈다. 문집 『하곡집荷谷集』, 역사서 『해동야언海東野
  言』 등이 남아 있다. 갑신본甲申本 『남명집南冥集』 제5권 57장 「잡기雜記」
  에 "융경隆慶 4 1571년에 허봉許篈이 서장관書狀官으로 명明나라에 사행使
  行을 가니, 중국 사람이 '당신 나라에 고상하게 숨어 지내는 선비가 장차
  몸에 재앙이 있겠소. 내가 자미성紫微星을 보고서 안 것이요"라는 기록
  이 실려 있다. 그러나 이는 믿을 수 없는 자료이다. 허봉이 명나라에 사
  신 간 것은 1574년의 일이다.
53) 도산陶山 : 퇴계退溪 이황李滉을 가리킨다.
54) 징군徵君 : 학덕學德이 뛰어나서 임금이 벼슬하러 나오라고 불러도 나가
  지 않은 선비. 징사徵士.

어느날 저녁 요사스런 별이 소미성少微星 범하더니,
문득 남쪽 지방에 옥의 빛이 사라졌다고 전해왔습니다.
산림山林에서 매양 시대를 아파하는 탄식 있었고,
일에 있어서는 늘 덕德을 시행할 기회가 막혔습니다.
좋은 거문고가 오묘한 비결에 참여하지 못 할 것이고[56],
남은 차가운 달만 덧없이 사립문을 비추고 있습니다.
제물祭物 드리지만 어진이를 생각하는 뜻 저버렸기에[57],
까닭 없이 맑은 눈물이 다시 옷에 가득합니다.

▪ 一夜妖星犯小微 忽傳南國玉沈輝 山林每有傷時歎 事業長爲杜德機 不復瑤琴參妙訣 空餘寒月照柴扉 生芻辜負思賢意 淸淚無端更滿衣

---

55) 허성許筬(1548-1612) : 조선 중기의 문신. 자는 공언功彦, 호는 악록岳麓, 본
관은 양천陽川, 허엽許曄의 아들. 문과에 급제하여 벼슬이 이조판서에 이
르렀다. 문집 『악록집岳麓集』이 있다.
56) 좋은 … 것이고 : '남명이 거문고 연주하는 솜씨가 수준 높았다'는 뜻
이다.
57) 어진이를 생각하는 뜻 저버렸기에 : '어진이인 남명을 찾아뵙고자 마음
먹었으나 미처 뜻을 이루지 못했다'는 뜻이다.

남명南冥, 그 학덕學德을 그리며

25. 또 …   윤근수尹根壽[58]

여러 해 동안 어렵게 지내 놀랬는데,

넓은 하늘의 마음은 복잡하여 끝 없습니다.

산이 무너지니 사람은 누구를 우러르며,

학문 끊어졌으니 우리 동방에 도道 누가 잇겠습니까?

분수汾水[59]에는 차가운 달만 남아 있고,

쌍계雙磎[60]는 저녁 바람에 울립니다.

제자가 되고자 했던 평소의 소원은,

오늘 마침내 헛일이 되고 말았습니다.

▪ 殄悴驚連歲 天心莽未窮 山頹人孰仰 學絶道誰東 汾水餘寒月 雙
溪響晩風 摳衣平昔願 今日竟成空

---

58) 윤근수尹根壽(1537-1616) : 조선 중기의 문신. 자는 자고子固, 호는 월정月汀,
   본관은 해평海平. 문과에 급제하여 벼슬이 좌찬성左贊成에 이르렀다. 문
   집 『월정집月汀集』과 『사서토석四書吐釋』이 있다.
59) 분수汾水 : 남강南江의 별칭. 남명이 살던 곳에 흐르는 덕천강德川江은 남
   강의 상류이다.
60) 쌍계雙磎 : 경남 하동군河東郡 화개면花開面 쌍계사雙磎寺의 좌우를 감싸
   는 시내 이름. 남명이 지리산智異山을 유람하면서 쌍계사에 머무른 적이
   있다.

훌륭한 인재를 번갈아 추천한다는 말은 잘못된 것,

나라 운명 책임질 사람으로 누가 제일이겠습니까?

안자顔子 사는 골목에서 바가지로 물 마시는 것 잊지 않았고,

순舜임금 조정에서 어찌 꼭 옷 드리운 것 [62]축하하겠습니까?

상소에는 시대를 바로잡는 대책 여러 번 간절했고,

관棺 속에 들어가는 때 병환 물으러 온 의원 돌려보냈습니다[63].

해마다 남두성南斗星[64]의 기미로 어진 사람 시드니,

내 개인 사사로움에 눈물 흘리는 것 아니랍니다.

▪龍虁交薦怪騫辭 扶鼎誰知在一絲 顔巷未能忘瓢飮 虞庭何泌賀衣
垂 封章累切匡時略 卽木虛廻問疾醫 連歲斗南驚萎哲 泫然非是爲吾
私

---

61) 이충작李忠綽(1521-1577) : 조선 중기의 문신. 자는 군정君貞, 호는 졸암拙庵,
　　본관은 전주全州. 문과에 급제하여 벼슬은 관찰사를 지냈다

62) 옷 드리운 것 : 임금이 특별히 하는 일 없어도 일이 잘 돌아가기 때문에
　　점잖게 앉아 옷을 드리우고 있어도 된다는 뜻이다.

63) 병환 물으러 온 의원 돌려보냈습니다 : 남명의 병이 위독하자, 선조宣祖
　　임금이 자신의 어의御醫를 특별히 보냈는데, 남명이 세상을 떠난 뒤에
　　도착했으므로 손도 써 보지 못하고 돌아갔다.

64) 남두성南斗星 : 노인의 수명을 주관한다는 별.

남명南冥, 그 학덕學德을 그리며

27. 「호상소護喪所에 조문하는 서신」 …   성대곡成大谷

천리 먼 곳으로부터 심부름꾼을 내어 서거 소식을 알려주셨는데, 이 어찌 지금 사람들이 할 수 있는 일이겠습니까? 어떤 사람이 전하는 말을 얻어 부고訃告를 들었습니다.

그 삼일 뒤에 내려주신 서신을 얻어 보니, 전에 들었던 것과 다르지 않더군요. 남쪽을 바라보면서 크게 통곡하고 하늘에 불러봐도 하늘은 말이 없습니다. 슬픔이 끝이 없으니 어떻게 하겠습니까?

이 분[南冥]은 저가 감히 더불어 벗할 수 없었고, 높은 산처럼 우러르고, 엄한 스승처럼 존경했습니다. 마룻대가 부러지는 일이 갑자기 닥쳤는데, 저가 장차 누구를 본받겠습니까?

비록 사는 곳이 멀리 떨어져서, 마치 사람과 귀신이 서로 만나보지 못하는 것과 같았습니다. 때때로 서신으로 안부를 물어 얼굴빛을 보는 것을 대신하여 기뻐했고, 또 각자 목숨을 유지하는 것으로 자못 스스로 위로해 왔습니다.

이제 저를 버리고 가서 홀로 살게 되었으니, 무슨 즐거움이 있겠습니까? 저도 빨리 죽어서 저승에서 서로 만났으면 합니다. 그러나 죽은 사람이 지각이 있는지 없는지는 알 수 없는 것입니다만, 이 것을 어찌 꼭 알아야 하겠습니까?

관가에서 바야흐로 큰 부역을 일으켰기 때문에, 집에 있던 몇 명의 하인은 모두 고을 관아에 불려가 일을 하고 있어 지금 힘쓰는 하인으로 하여금 달려가 빈소를 모시고 있는 자제들을 위로하게 해 드리지 못합니다. 이런 한탄스러움을 어떻게 하겠습니까?

만장挽章

보내온 심부름꾼의 힘을 빌려 부의賻儀로 베 두 단端[65]과 제수로 쓸 과일과 대추 세 말을 보냅니다. 집이 가난하여 마음껏 힘을 쓰지 못하니, 더욱 한탄스럽습니다.

임신壬申(1572)년 음력 2월 일에 성운成運. 감기로 머잖아 죽어 귀신이 될 것 같습니다.

· 自千里之遠 發使告哀 此豈今人事 得人傳語聞訃 逾三日得見下狀 果與前所聞者不謬 南向大哭 呼天而天不語 罔極奈何 斯人吾不敢與 之爲友 仰之若喬嶽 敬之如嚴師 樑摧奄及 吾將安倣 雖所居絶遠 若 人鬼之不相見 時有以書問相及 擬代顏色 且喜各保性命 頗自慰解 今也見背 獨生何樂 吾欲速化 相尋於泉壤 然死者之有知無知未可知 則此亦何可必也 官家方興大役 家僕止有數箇 盡在縣庭執事 玆未亟 發遣健力 奔問子第之侍在几筵者 此恨如何 借來使之力 賻布二端 祭果棗三斗送上 家貧 力不從心 尤尤恨恨 壬申二月日 成運得氣證 朝夕爲鬼

---

65) 단端 : 베를 헤아리는 단위. 20자가 1단이다.

남명南冥, 그 **학덕**學德을 그리며

28. 「정종대왕正宗代王[66]이 직접 지은 사제문賜祭文[67]」

국왕은 신하인 예조정랑禮曹正郞 민광로閔廣魯[68]를 보내어 국왕의 뜻으로 문정공文正公 남명南冥 조식曺植의 영전에 제사를 드리노라.

용은 깊은 못에 잠겨 있고,
봉황이 천 길로 높이 날아오르네.
세상에 드문 사물은,
높지 않으면 깊은 법.
하물며 걸출한 인물이,
어찌 자주 나오겠는가?
기산箕山[69]은 멀고 멀고,
상산商山[70]은 남쪽에 쓸쓸하도다.
멀리 고상한 풍모風貌를 우러르니,
물이 흐르 듯 구름이 흰 듯하도다.

---

66) 정종대왕正宗代王 : 조선 제22대 국왕 정조正祖. 묘호廟號를 본래 정종正宗이라 해 오다가 1899년 정조正祖로 추존追尊하여, 정조로 바뀌게 되었다.

67) 원주原註에, "병진丙辰 : 1796년 음력 9월 25일이다"라고 되어 있다.

68) 민광로閔廣魯(1749-?) : 조선 후기의 문신. 본관은 여흥驪興, 밀양密陽에 살았다. 1783년 문과에 급제하였다.

69) 기산箕山 : 중국 하남성河南省에 있는 산 이름으로, 요堯임금 때의 은자 허유許由와 소보巢父가 숨어 살던 곳이다. 여기서는 남명南冥이 사는 산을 뜻한다.

70) 상산商山 : 중국 섬서성陝西省 장안 교외에 있는 산 이름. 진秦나라의 폭정을 피해 기리계綺里季 등 네 노인이 이 산 속에 숨었는데, 이들을 상산사호商山四皓라 한다. 여기서는 역시 남명이 숨어 살던 산을 가리킨다.

얼마나 다행인가? 남명南冥이,

우리 동쪽 나라에 태어났으니.

깔끔하고 산뜻하고,

위엄 있고 우뚝하였소.

해와 별이 빛을 발하는 듯,

서리와 눈이 희고 깨끗한 듯.

내가 역사책을 보면서,

경卿의 평생 자취 찾아보니,

신명에게도 통한 효도와 우애에,

세상을 덮을 명성과 절조였소.

아주 특이한 자질과,

혼자 터득한 식견이었소.

절간에서 한 번 읍하고 돌아와[71],

『좌전左傳』과 유종원柳宗元의 글에 대한 미련 끊었소[72].

낮 시간을 이어 밤에도 기름 태워 불 밝혀,

사서四書와 육경六經[73] 읽었소.

---

71) 절간에서 … 돌아와 : 남명이 젊을 때 친구들과 함께 산 속의 절에서 학
업을 익혔다. 『성리대전性理大全』을 읽다가, "이윤伊尹이 뜻 둔 바에 뜻
을 두고, 안연顏淵(顏回)이 배운 바를 배우겠다. … "라는 노재魯齋 허형許
衡의 말에 이르러서는, 지금까지 해 왔던 자신의 학문이 옳지 않다는 것
을 느꼈다. 밤새도록 잠자리에 눕지 않고 있다가 동이 트려하자 친구들
에게 읍揖을 하고 집으로 돌아왔다. 이로부터 성현의 학문에 뜻을 확실
히 두고서 용맹하게 앞으로 나갔고, 다시는 속된 학문에 뜻이 꺾이지 않
았다.

72) 『좌전左傳』 … 끊었소 : 남명이 젊은 시절에 기이하고 고상한 문장을 좋
아하여 『좌전左傳』과 유종원柳宗元의 글을 힘써 배웠다.

73) 육경六經 : 유가의 대표적인 경전. 『시경詩經』, 『서경書經』, 『주역周易』,

남명南冥, 그 학덕學德을 그리며

칼에 명銘[74])을 새겨 분발하였고,

방울 차고서 정신을 깨우쳤소.

남아 있는 공자孔子의 초상 앞에서,

옷 단을 거머잡고 절하며 직접 모시는 듯했소.

곧게 하고 반듯하게 하기를 변치 않았고,

안이나 바깥을 서로 길러나갔소.

이 기운은 의리에 짝한 것으로,

안으로 반성하여 부족한 것 없었소.

영남嶺南에 교화敎化를 펼쳐,

나약한 사람 일어나게 하고 못된 사람 청렴하게 했소.

제갈량諸葛亮도 대수롭잖게 보았고[75]),

원하는 것은 이윤伊尹처럼 하는 것이었소.

세상을 어찌 과감하게 잊었겠소?

세상 걱정하여 밤에 눈물을 흘렸다오.

만년에 한번 나왔으니[76]),

『예기禮記』, 『춘추春秋』, 『악경樂經』. 『악경』은 일찍이 없어졌으므로 실제로 남아 있는 것은 오경五經 뿐인데, 습관적으로 육경이라 한다.

74) 칼에 명銘 : 남명南冥은 자신의 기개를 키우기 위해서 칼을 차고 다녔는데, 그 칼에, "안으로 마음을 밝히는 것은 경敬이고, 밖으로 결단하는 것은 의義다[內明者敬, 外斷者義.]"라는 명을 새겼다.

75) 제갈량諸葛亮도 … 보았고 : 1566년 남명南冥이 서울로 가서 명종明宗을 만났을 때, 명종이 삼고초려三顧草廬에 대해서 묻자, 남명은, "소열황제昭烈皇帝 : 劉備와 수십 년 동안 일을 같이 했으나 마침내 한漢나라 왕실을 다시 일으켜 세우지 못했으니, 신은 알지 못 할 바입니다"라고 대답했다. 남명은, 그런 시대상황에서 제갈공명諸葛孔明이 세상에 나온 것은 마땅하지 않았다고 여긴 것이었다.

76) 만년에 한번 나왔으니 : 남명南冥이 66세 되던 1566년에 명종明宗의 부름

큰 법도를 펼치기 위한 것이었소.

돌아가 욕망의 구멍 막고 살아야지,

산천재山天齋란 이름의 집에서.

지리산智異山은 백두산白頭山이 흘러온 곳,

옷을 털고 갓끈을 씻었다오⁷⁷⁾.

호남湖南과 영남嶺南에서 벗을 사귀었는데,

난초 지초芝草나 옛날 훌륭한 음악 같은 사람들이었소.

내가 임금 자리에 올라서,

옛 것을 흠모하면서 정치를 한다오.

누가 미친 물결을 막으며,

누가 실제적인 곳을 밟는지?

누가 병든 것을 나수며,

누가 게으르고 흐릿한 것 깨우칠지?

만약 경卿을 다시 일으킨다면,

손바닥에서 굴리 듯 쉬울 텐데.

소미성少微星은 어둡지 않고,

뇌룡사雷龍舍는 우뚝하도다.

맑은 기풍氣風이 준엄하니,

내 말에 부끄러움이 없소.

- 正宗大王親製賜祭文 丙辰九月二十五日

을 받고 대궐에 나가 대화를 나눈 적이 있었다.

77) 옷을 … 씻었다오 : 진晉나라 좌사左思의 「영사詠史」라는 시에, "천 길 멧
등성이에서 옷을 털고, 만리 흐르는 물에 갓끈을 씻는다네.[振衣千仞岡,
濯足萬里流.]"라는 구절이 있다.

남명南冥, 그 학덕學德을 그리며

國王遣臣禮曹正郎閔廣魯 諭祭于文貞公南冥曺植之靈 龍藏九淵 鳳
翔千尋 希世之物 不高則深 矧伊人豪 出豈數數 箕岑迢遞 商顔寂寞
緬仰遐標 水流雲白 何幸南冥 乃生東國 灑灑落落 巖巖屹屹 日星輝
晶 霜雪皎潔 予閱遺乘 跡卿平日 通神孝友 蓋世名節 絶異之質 獨得
之見 蕭寺一揖 左柳割戀 焚膏繼晷 四子六經 銘劍奮志 佩鈴喚惺 攝
齊如侍 夫子遺像 直方不渝 表裏交養 是氣配義 內省自慊 以風嶠右
頑廉懦立 小哉諸葛 願則伊尹 志豈果忘 有涕夜隕 晚來一出 爲伸大
防 歸歟塞兌 山天之庄 智異頭流 振衣濯纓 取友湖嶺 芝蘭韶頀 予臨
九五 慕古爲治 孰障狂瀾 孰踏實地 孰醫病痿 孰警惽睡 如起卿來 運
掌之易 微宿不昧 龍舍歸然 清風凜如 無愧予言

허권수許捲洙

문학박사

경상대학교 한문학과 교수

중국화중사범대학中國華中師範大學 겸직교수

연민학회淵民學會 회장

우리한문학회회장(전)

한국한문교육학회부회장(전)

남명학연구소장(전)

경남문화연구원장(전)

<저서>『대동운부군옥大東韻府群玉』외 60여 권.

<논문>「강희자전康熙字典의 한국 수용과 활용」외 70여 편.

남명南冥, 그 학덕學德을 그리며 -제문과 만사-

인 쇄	2011년 2월 18일
발 행	2011년 2월 28일
편 역	허권수
발행인	한정희
발행처	경인문화사
주 소	서울특별시 마포구 마포동 324-3
전 화	02-718-4831~2
팩 스	02-703-9711
이메일	kyunginp@chol.com
홈페이지	http://www.kyunginp.co.kr ┃ 한국학서적.kr
등록번호	제10-18호(1973. 11. 8)

값 10,000원

ISBN 978-89-499-0787-1 03810